KB263621

소년들은
자라서
어디로
가나

소년들은 자라서 어디로 가나

이경란 소설집

강

차 례

소년들은 자라서
어디로 가나

낯선 이가 불쑥 들어오는 일에 통 익숙해지지 않아서 하루에
도 몇 번씩 놀란다. 오늘도 그랬다. 언제 들어왔는지 모를 남자
가 벌써 구석 자리를 잡고 앉아 있었다. 출입문에 매달 작은 종
을 검색해봐야겠다는 생각은 잠시 미루고 남자에게 다가가 메
뉴판을 내밀었다. 응대를 하고 음료를 준비하다 보면 이번에도
종은 금세 잊게 될 것이다.

여기는……

남자가 실내를 둘러보며 혼잣말을 했다. 때문에 내 인사말은
흩어지고 말았다. 거의 모든 손님이 답하지 않는다고 인사를
생략할 수는 없다. 그건 태도이기 전에 의무니까.

남자는 말끝을 흐린 채 가게 안을 둘러보았다. 이럴 때 약간의 쾌감을 느꼈다. 그리고 남자가 하지 않은 뒷말도 대충 짐작할 수 있었다. 도대체 왜 인테리어를 하다 말고 문을 연 건가, 같이 가벼운 의문과 약간의 불쾌감이 드러날 법한 말들. 노골적으로 표현하는 사람도 물론 있었다. 당황하지는 않았다. 그런 반응이야말로 내가 노린 것이었다. 그러게요, 라고 답하며 어깨를 으쓱이고 나면 이어지는 반응은 둘로 나뉘었다. 안내문을 보고 벽지를 발라보든가 그러거나 말거나 원래의 목적에만 충실하든가. 후자의 경우는 마시거나 떠들거나 노트북을 꺼내 펼치는 일들.

메뉴판을 보지도 않고 중얼거리듯 오늘의 커피를 주문한 남자는 물음을 담은 눈으로 나를 올려다보았다. 그의 검지가 벽면을 따라 호를 그렸다. 나는 느슨한 웃음과 메뉴판의 뒷면을 함께 보여주었다.

……뭡니까?

남자는 메뉴판에 시선을 고정한 채 물었다.

그러니까 지금 벽지를 바르라는 건가요? 손님한테요?

나는 말없이 손가락으로 메뉴판 아랫부분을 짚었다. 볼드체로 강조한 바로 그 부분을.

원하신다면?

남자가 고개를 들고 벽면을 다시 훑어보고는 한쪽에 마련된

작은 작업 탁자를 이제야 발견했다는 표정으로 보았다. 거기에
는 왜, 굳이? 하는 의구심이 들어 있었다.

이거, 무슨 퍼포먼스 같은 겁니까? 영상을 찍는다든가……

그냥 재미죠. 지겹잖아요.

뭐가 지겨운지 말하지 않았는데도 남자가 동의한다는 표정
을 지으며 표정과는 반대로 고개를 절레절레 흔들고는 작업 탁
자 앞으로 가 섰다. 당신도 지겨운 거지, 라고 나는 속엣말을
했다.

이건 벽지가 아닌데요?

벽에 바르면 벽지가 되는 거죠.

새 책 같은데요? 일부러 찢어놓으신 건가요?

남자는 각이 어긋나게 쌓아둔 낱장을 넘겨보며 물었다. 그
서슬에 몇 장이 날려 바닥에 떨어졌다. 책장을 주워 남자에게
내밀었다. 흠, 하고 책장을 받아 든 남자는 옆에 준비된 풀을
발라 벽에 붙였다. 풀을 바르기 전 잠깐 손을 멈추는 걸 보았
다. 양면에 활자가 가득 인쇄된 책장의 어느 면이 뒷면이 되어
야 마땅한가, 같은 별것 아니지만 진지한 고민이 느껴졌다. 많
다고요. 같은 페이지가 적어도 수백 장 있다고요. 말하려다 참
았다. 어째서 그러냐, 왜 멀쩡한 책 수백 권을 이런 식으로 찢
어두었느냐, 하고 물을까 봐. 고민은 우려보다 빨리 끝났고 몇
초 만에 책 크기만큼 빈 벽이 채워졌다. 남자는 자신이 붙인 책

장의 활자를 들여다보았다.

　……두 번 만나고 난 다음 날 어른들이 날을 잡았다. 나는 아무래도 상관없다는 마음이었다. 살면 사는 거지 죽기야 하겠느냐고 오기를 부렸다. 그 무책임과 오만에 대해 평생 대가를 치르고 살아야 한다는 무서운 생각 같은 건 하지 않았다. 못했다는 게 맞는 말일 것이다. 그때는 어렸고, 아는 게 없으면서도 모르는 게 없다고 믿던 시절이었다. 반짝이지만 부서지기 쉬웠고, 부서진 파편조차 찬란했던 젊은 날.

　남자의 어깨 너머로 몇 줄이 눈에 들어왔다. 그랬다기보다 자꾸 눈이 갔다. 의식적으로 자제하고 있었지만 누군가 책장을 벽에 붙일 때 내 반응은 거의 그랬다.
　소설입니까?
　책장에서 눈을 거두지 않고 남자가 물었다. 굳이 확인해야겠다는 의지는 없어 보였다.
　글쎄요.
　장르를 따지자면 소설이 맞는 것 같았다. 책장을 들여다본 사람들 중 몇이 소설이네, 라고 말했기 때문이다. 지금까지 몇 사람이 같은 질문을 했고, 나는 그때마다 모호하게 답했다. 글쎄요, 뭐로 보이세요? 더 읽어보면 아실 거예요. 소설이면 어떻고 아니면 어떻겠느냐고 답할 때도 있었다. 처음이 어려웠지 몇 번 반복되자 아주 태연하게 대처하게 되었다. 책은 읽지 않았다. 읽는 것보다 읽지 않는 것이 힘들었지만 기꺼이 그 편을 택했다. 그리고 책장을 계속 뜯어냈다. 읽지 않고 분해하기. 의미를 띤 활자보다 종이 자체의 물성에 충실한 것이 이 책들의 운명이라고 판단했다.

가게는 그리 잘되는 편이 아니었다. 종일 있어봐야 고작 커피 서너 잔이 매상의 전부인 날도 많았다. 그러나 내 기준으로는 벽지를 바르는 손님이 있느냐, 있다면 몇 명이냐, 그들이 얼마만큼의 책장을 소진했느냐 따위가 중요했다. 며칠이, 혹은 몇 달이, 아니면 몇 년이 지나야 책장을 모두 소진하게 될까? 벽을 몇 겹이나 덧발라야 될까? 짐작해보면 까마득했다. 그렇긴 해도 하루하루를 보내기에는 별로 나쁘지 않은 방법 같았다. 시간은 게으르게 흘러 하루가 길었다. 월세를 내야 한다면 얘기는 달라졌을 것이다. 살아보니 월세보다 무서운 것도 드물었다. 그것 때문에 비굴해지고 피로해지고 절망에 빠졌다. 월세를 내면서 살다 보면 한 달이 얼마나 빠른지 경악하게 된다.

처음 그 제안을 받았을 때 두 가지 마음이 동시에 들었다. 이제 와서 집 하나 주고 전부 퉁치자는 건가. 뻔뻔도 하지. 아니야, 그래도 집이잖아. 평생 벌어 모아도 못 산다는 서울 시내의 집. 전화를 몇 번 씹은 후 변호사를 통해 전달받은 내용이었다. 조건도 나쁘지 않았다. 세금은요? 취득세보다 증여세가 더 문제였다. 언제 불법체류자가 될지 모르는 불안한 상태인 내게 그런 큰돈이 있을 리가. 여기서 살기 싫어 떠난 마당에 거기도 그다지 정이 붙지는 않았다. 정도 안 붙는 곳에서 공부든 일이든 열심히 하고 싶은 마음도 생기지 않았고. 영감은 오래 만나지도 못한 내 사정을 꿰뚫고 있다는 듯 증여세를 두고두고 분할해서 변제하라는 조항을 달아놓았다. 쩨쩨하기는. 주려면 시원하게 다 해결하고 줄 것이지. 어쨌든 증여세 분할 변제는 주변 시세만큼의 임대료와는 비교도 할 수 없는 조건이었다. 한때 힙했다가 이젠 핫해진 동네의 단독주택 아닌가. 젠트리피케이션을 거치면서 어마어마하게 뛴 임대료 때문에 뭐든 차리고 망하기를 반복하는 동네. 서울에 살지 않아도 다 아는 이야기이다. 집을 포기하지 않아도 되는 금액, 그러나 일을 해야 갚을 수 있는 금액. 매달 부담해야 하는 금액은 딱 그 정도였다. 주도면밀한 영감 같으니. 한 이틀 고민하다가 문득 머릿속이 환해졌다. 영감이 일찍 죽어준다면 변제도 끝! 더는 갈등할 이유가 없잖아. 실버타운이란 본질적으로 요양원과 같은 곳 아닌가. 들어가면 죽어야 나오는 곳. 나도 그쯤은 안다. 나보다야 영감이 먼저 갈 거고.

바로 항공편을 예약하고 짐을 꾸렸다. 짐은 단출했다. 정리

할 관계도 아쉬운 일도 없었다. 뿌리 내리지 못한 앙상한 나무를 뽑아내듯 가뿐했다. 어려울 건 없었다. 문제는 영감에 대한 마음을 형식적으로나마 꺾어야 한다는 것이었다. 하지만 마음이란 건 꺾지 않고 버틴대도 그 집의 문고리 하나 값도 되지 않는 거니까. 그렇게 여기면 되는 거였다. 호락호락해 보이고 싶지는 않아서 귀국 날짜를 엉터리로 알려주고 도착해서는 좀 떠돌았다. 제주도에도 가보고 부산에도 가봤다. 어린 시절 잠깐 살았던 대전에도, 대학 신입생 때 종주를 핑계로 갔다가 종주는커녕 숙소와 계곡을 오가며 술만 퍼마셨던 지리산에도 갔다. 귀국했다고 새삼 만나고 싶을 만큼 살가운 친구도 없고 혼자 다니는 데에는 이골이 난 터라, 계획 없이 내키는 대로 돌아다녔더니 문득문득 후련한 느낌마저 들었다. 어떤 곳에서는 심한 사투리를 쓰는 식당 주인이나 숙소 주인의 말을 반도 못 알아들었지만, 주눅 들지 않았다. 그건 대충 다 알아듣고도 접고 들어가는 타국의 이방인 생활과 비할 바가 아니었다.

떠돌 만큼 떠돌고 결국 집으로 왔다. 실은 돈 때문이었는데 마침 심드렁해진 즈음이라 미련은 없었다. 최근까지 영감이 살았던 건지 집은 낡긴 했어도 망가진 곳이 별로 없었다. 문짝도 아귀가 잘 맞았고, 보일러도 잘 돌아갔다. 세간이랄 것도 거의 없었다. 빈 대형 냉장고와 세탁기, 큰 자개장이 전부였다. 자개장은 할머니 물건이었다. 어릴 때 종종 그 안에 들어가서 놀았던 기억이 새록거렸다. 이불을 두어 채 꺼내고 들어가 개켜진 이불 위에 웅크리고 누우면 그렇게 아늑할 수가 없었다. 문을 열어두고 만화책을 보거나 안쪽에서 문을 끌어당겨 컴컴하게 만들고는 잠이 들기도 했다. 문짝 표면에 십장생이 찬란하고 복잡하게 장식된 장이었다. 할머니는 손가락으로 꾹꾹 짚어가며 사슴이며 바위며 거북이 같은 것들을 어린 내게 가르쳐주었고 더 자란 뒤에는 십장생 열 가지를 외워보라고 시켰다. 외우는 데 젬병이었던 나는 슬쩍슬쩍 커닝을 했다. 할머니는 어깨 너머로 장롱을 힐끔거리는 나를 혼내는 시늉을 하면서도 하나씩 맞힐 때마다 사탕 통에서 과일 맛 사탕을 꺼내서 손에 쥐여주었다. 나는 그때마다 사탕 여덟 개를 두 손으로 모아 쥐었다. 왜 여덟 개였는가 하면 애초에 자개장에는 십장생 중 두 가지가 빠져 있었기 때문이다. 그게 뭐였는지 기억이 안 나서 자개장 표면의 장식을 짚어보았으나 여전히 두 가지는 생각나지 않았다. 손바닥을 물끄러미 보다가 천천히 오므려보았다. 이제 여덟 개를 한 손에 쥘 수 있건만 할머니는 세상을 떴고 사탕 통은 캐리어에 들어 있었다.

영감은 자개장을 왜 이 집으로 옮겨놓았을까? 여자도 없는 집에. 살가운 데라곤 없는 성격에다 더욱이 할머니와는 냉랭한 사이였는데. 가운데 장의 문을 양쪽으로 열어젖히자 말끔하게 비어 있는 내부가 드러났다. 이불이 차곡차곡 들어 있던 칸이었다. 문짝 경첩은 뻑뻑했지만 내부의 옻칠은 아직 반들반들했다. 할머니의 자개장을 이곳에서 재회했을 때 도리 없이 이 집에서 살게 되겠구나 하는 체념이 찾아왔다. 그 기분은 뭐랄까, 조건에 승복하여 별수 없이 살게 되었다는 느낌이 아니라 오래전부터 그렇게 설계되어 있었다는 어떤 깨달음에 가까웠다.

여기저기 떠돌아다니면서 했던 처음 생각은 집을 팔아버리자는 것이었고 그다음으로는 임대를 하자는 것이었다. 그리고 제주도에서 사는 거지. 애월의 숙소에서 전화를 했다. 변호사는 안 된다고 잘라 말했다. 당연히 팔지 않는 조건입니다. 물론 임대도 안 됩니다. 그럼 뭐야, 비워놓으라는 겁니까? 임대료라도 받아야 증여세를 해결할 거 아닙니까? 저쪽에서 냈던 월세 수준이라면 충분히 가능할 거라고 말씀하셨습니다만. 저쪽에서 내던 월세가 증여세 할부금보다 더 높은 건 어떻게 알았을까. 귀신같은 영감. 거주하시든, 영업을 하시든 말입니다. 변호사는 마지막 말이 영감의 지시인지 자신의 의견인지 밝히지 않았다. 다만 그는 이런 철딱서니를 봤나, 하는 한심함과 짜증이 가득한 목소리로 말끝마다 네네, 를 붙여 시답잖은 이야기 그만하고 전화 끊으라는 메시지를 분명히 전했다. 지나고 보니 미적거린 기간과 그동안의 부정적인 반응은 결국 일이 이렇게 되기까지의 과정에 불과했다. 어차피 이렇게 될 거였다.

책이 발견된 건 며칠 후였다. 정확하게는 며칠 후와 그로부터 또 며칠 후 두 번에 나뉘어 발견되었다. 자개장을 이층으로 옮기다가—일층은 카페를 열고 이층에서 거주하는 게 최선의 선택이었다—아래쪽 서랍에 가득 들어 있는 책을 발견했다. 위쪽이 말끔하게 비어 있었기 때문에 서랍에 책이 들었으리라고는 예상하지 못했다. 그리고 며칠 후 내려가본 지하실에도 같은 책이 있었다. 서랍 세 개와 지하실의 박스. 모두 똑같은 책이었다. 영감은 서점이나 출판사를 운영한 적이 없었다. 주변의 누구도 그런 일을 했다는 말을 들어보지 못했다. 도대체 어떻게 된 일인지 물어볼 데도 없었다. 물론 영감에게 물어보면 되겠지만 그렇게까지 하고 싶지는 않았다.

어떻게 해석해도 이건 영감의 메시지로 보였다. 어쨌거나 유일한 피붙이인 내게 집 자체 말고는 어떤 흔적도 남기지 않고 정리했으면서 굳이 이 책을 남겨둔 이유가 뭘까? 한두 권도 아니고. 설마 직접 쓴 건가? 저자명이야 가명을 쓸 수도 있었을 테고. 영감이 소설을 썼던가? 아니면 에세이인가? 엉킨 털실 뭉치처럼 정리되지 않는 질문들이 이어졌다. 실의 끝부분을 찾아내는 심정으로 영감이 책을 남길 정도의 글을 쓰던 사람인가부터 생각해봤지만 그 또한 알 수 없었다. 그럴 수도 있겠지. 쓰는 건 본 적 없지만 읽는 모습은 많이 봤으니까. 실은 본 정도가 아니었다. 영감은 젊은 날 대부분의 시간을 자신의 서재에 틀어박혀 있었다. 어린 시절의 기억으로 영감은 퇴근 후 서재에 들어가면 아침에나 나왔고, 엄마가 짐을 챙겨 나가던 날에도 서재에서 나오지 않았다. 영감이 안방에서 자기 시작한 것은 그러고도 한참 지난 후였던 걸로 기억한다.

그 남자가 또 찾아왔다. 남자는 처음과 똑같이 오늘의 커피를 주문했다. 메뉴판을 보지도 않고 들어서면서 주문했고 바로 책장을 집어 들었다. 오늘도 좀 붙여보겠습니다, 하는 태도였다. 그러시든가. 나는 속으로 그렇게 말하면서 고개를 살짝 숙여 호응했다. 남자는 키가 컸다. 의자 없이 천장과 벽면의 모서리에 책장의 윗변을 맞추어 붙였다. 그리고 그 아래, 또 그 아래, 바닥과 벽면의 모서리까지 빼곡하게 세로로 한 줄을 이어 붙이는 동안 커피가 준비되었고, 미지근하게 식었다. 나는 식은 커피를 가져다 개수대에 쏟고 새로 한 잔을 내려 탁자에 가져다 놓았다.

오늘은 여기까지만이라는 듯 남자가 흡족한 표정을 지으며 한 발 뒤로 물러서서 자신이 방금 붙여 풀기도 마르지 않은 책장, 아니 도배지를 잠시 바라봤다. 아귀를 맞춰서 공들인 티가 났다. 그럴 필요까지는 없는데 말이다. 자리에 앉은 남자가 맛을 분석하듯 천천히 커피를 입안에 머금었다 삼키고 다시 머금는 동안 남자의 뒤통수를 보게 되었다. 특별해 보이지는 않았다. 이 동네에는 혼자 오는 손님이 제법 많았고 그들은 하나같이 자신만의 시간을 어떻게 쪼개어 흘려보낼지를 잘 아는 사람들로 보였는데 그도 마찬가지였다는 뜻이다. 심심해 보이지 않았고 조급해 보이지도 않았다.

남자는 마시던 커피 잔을 들고 다시 벽 쪽으로 다가섰다. 눈높이에 붙여진 책장의 어느 부분을 읽는 듯했다. 그는 식어가는 커피를 한 모금 입에 물고 벽면을 재빨리 훑었다. 어릴 때 몇 달 다닌 속독학원에서 배웠던 것처럼 눈동자를 왼쪽 위에서 오른쪽 아래로 대각선으로 빠르게 움직였다. 그리고 그 옆 장으로, 위로, 바닥까지 아래로, 발돋움하고 허리를 굽히고 머리를 세시 방향으로 꺾으면서 훑었다.

다음 장은 어디 있을까요?

남자를 눈여겨보고 있다가 들켰다는 당황스러움에 헛기침이 나왔다. 그가 시선도 돌리지 않고 차분하게 물었기 때문이다. 다음 장을 찾는 사람은 처음이었다. 연 지 얼마 되지 않은 가게에서, 하루에 몇 되지 않는 손님들 중 같은 질문을 한 사람은 없었다. 조금 궁금해하다 대수롭지 않게 넘어간 사람은 있지 않았을까? 순서대로 꿰어 읽지 못하게 하려고 일부러 낱장으로 섞어둔 것을 남자는 알아차리지 못했을 것이다.

저도 모릅니다.

그제야 남자가 내 쪽으로 몸을 돌렸다.

순서가 뭐 중요하겠어요? 그냥 벽지에 불과한데요.

정말 그렇게 생각하느냐는 듯 남자가 눈썹을 치켜올리고 나를 탐색하듯 보았다.

궁금하지 않습니까? 아니, 물론 다 읽으셨겠죠?

나는 빙그레 웃고 말았다. 읽었다고 거짓말하고 싶지 않았다. 읽지 않았다고 솔직하게 답하고 싶지도 않았다. 책의 내용을 무시하기 위해 얼마나 애를 쓰고 있는지 들킬 것 같아서, 그건 우습게 혹은 이상하게 여겨질 것 같아서.

남자의 질문은 강력한 후유증을 남겼다. 어떤 면에선 당연한 질문이 왜 나를 움직였는지 잘 모르겠다. 남자가 짚은 마지막 부분이 궁금해서 그가 가게를 나서자마자 벽 앞에 서서 그 장을 단숨에 읽었다.

마을로 내려간 친구들은 그 밤 안으로 돌아오지 못했다. 계곡물이 무섭게 불어났다. 텐트가 쳐진 곳은 안전해 보였으나 우리는 자연을 아직 잘 알지 못하는 애송이들이어서 섣불리 예측할 수 없었고, 따라서 마음을 놓을 수도 없었다. 3박 4일의 여행은 예정된 날짜를 훌쩍 넘겨 열번째 밤을 맞는 중이었다. 집에서 덜어 온 쌀은 진작 떨어졌고, 그때마다 이제 마지막이라며 사다 나른 라면도 동났다. 이번에야말로 진짜 마지막이라고 먹을 걸 사러 내려간 친구들의 행방도 안부도 알 수 없었다. 두려웠다. 그들이 정말 어디쯤에서 길을 잃었을까 봐, 혹은 다시 계곡으로 돌아올 길이 막혔을까 봐, 그래서 우리를 버려둔 채 귀갓길에 올랐을까 봐 겁이 났다. 텐트 속에서 넷이 복닥거릴 때는 무서울 게 없었는데 두 명이 빠지고 둘만 남으니 넷이서 하던 어떤 일도 둘이서는 해내지 못할 것 같았다. 이를테면 텐트를 걷고 하산하는 일, 그게 아니면 아침까지 평정심을 잃지 않고 기다리는 일, 혹은 비명소리도 꿀꺽 삼켜버릴 물소리를 견디는 일 같은. 함께 내려갈 걸 그랬다는 뒤늦은 후회가 찾아왔지만 도리 없이 버티는 수밖에 없다는 것도 우리는 알았다. 비가 잦아들고, 해가 뜰 때까지는 방법이 없었다.

솔직해지자면 이렇게 써야 할 것이다. 내가 정말 두려워한 것은 위에서 언급한 몇 가지 불안과 걱정이 아니었다. 호의 숨소리가 너무 크게 들리는 게 문제였다. 정말 들었는지 확신할 수는 없다. 텐트를 때리는 빗방울 소리와 계곡을 질주하는 물소리를 뚫고 실제로 숨소리가 들렸을까? 착각은 아니었을까? 모르겠다. 지금까지도 그 순간을 떠올리면 호의 가만한 날숨이 그날의 습기처럼 방 안을 가득 메우는 듯하다. 하지만 호의 어깨가 미세하게 오르내리는 모습을 본 것은 분명 착각이 아니었다. 텐트 안이 온통 그의 달짝지근한 입 냄새로 팽팽해진 느낌은 기분에 불과했겠지만. 호의 등에서 뜨거운 체온이 물기를 머금고 뿜어져 나오는 것 같아 나는 손가락 하나도 움직일 수 없었다. 호는 텐트의 출입구 쪽에, 나는 그 반대편에, 좁은 텐트 안에서 가능한 최대의 거리를 확보하고 앉은 상태에서 나는 두 가지 희망에 몸을 떨었다. 내려간 친구들이 빨리 돌아오기를 바라는 마음과 영영 돌아오지 않기를 바라는 마음이 밭게 교차하고 있었다. 둘 중 누구든 팔을 뻗거나 다리를 뻗으면 닿을 공간에서.

그가 왜 다음 장을 기대했는지 알 것 같았다. 나 또한 이어질 내용이 궁금했지만 한편 다시는 책의 내용에 관심을 두지 말자고, 그러려고 책장을 분해한 거 아니었냐고 마음을 단속했다. 그 책들은 그냥 활자가 박혀 있는 종이 묶음에 지나지 않는다. 저자명은 낯선 이름이었으니 필명이든 아니든 영감이 썼다는 증거도 없고, 썼다면 더구나 내가 읽을 필요는 없을 것이다. 읽지 않는 게 옳을 것이다. 이제 와서. 영감과 나의 연결 고리를 끊어 내려고 바다 건너 떠돈 햇수가 무려…… 흐트러지려는 마음결을 가다듬어보다가 어지간히 놀라고 말았다. 이십 년이었다.

이십 년 전 할머니는 자개장 앞 보료에 앉아 말했다. 안석에 등을 기댄 할머니의 몸은 바짝 마른 대추 같았다. 할머니는 내가 자라는 내내 통통하게 몸이 난 편이었는데 그 전해부터인가 눈에 띄게 살이 빠지더니 순식간에 자그마한 노인이 되어 있었다. 네 애비 환갑이나 지내고 가지 그러니? 할머니는 그 무렵 나를 주저앉히고 싶어 이런저런 말들을 애절한 음성으로 건넸다. 결혼을 하고 가는 게 좋지 않겠니? 여자 친구도 없는데요. 그럼 선을 볼래? 약혼이라도 하고 같이 가게. 에이, 무슨 선을 봐요. 결혼정보회사도 있는데요. 그게 뭐냐? 그런 게 있어요. 비싸고 별로래요. 내가 내주련? 좋아하지도 않는 사람이랑 어떻게요. 다 좋아지게 마련이란다.

할머니의 만류는 그쯤에서 한숨을 내쉬는 것으로 끝나곤 했다. 선으로 시작해서 결혼정보회사로 넘어가고 이윽고 거절로 대화가 끝나면 언제나 회한에 찬 표정을 지었다. 당신의 아들이 결혼에 실패한 이유가 급히 한 중매결혼 탓이었고, 당신이 몰아붙인 때문이었다는 자책은 기회만 있으면 꺼내놓는 반성문 같은 거였다. 나는 할머니를 진심으로 좋아했지만 아버지의 결혼에 대해, 그 실패에 대해 제발 그만 말했으면 했다. 할머니는 그 이야기를 너무 일찍부터 시작해 마지막까지 지나치게 많이 했다. 나에 대한 안쓰러움을 표현하느라 자꾸 끄집어냈을 것이다. 혹은 영감은 잘못이 없다는 말을 하고 싶었는지도 모른다. 하지만 어떻게 영감의 잘못이 없을 수 있단 말인가. 최종 결정은 영감이 한 거였고 실패 또한 영감이 한 거였는데.

영감은 아내와의 관계에만 실패한 게 아니라 하나뿐인 아들과의 관계에도 실패했다. 도무지 잘해보려는 의욕과 의지라 곤 없는 사람처럼 굴었다. 자신의 삶을 실패라 규정한 다음에 는 다른 어떤 것도 그 실패만큼 심각하지 않은 모양이었다. 영 감은 오직 실패한 자신에게만 몰두했다. 그리고 자신의 실패에 만. 영감이 실패를 붙잡고 살아가는 사람이라는 자각을 어렴풋 하게나마 하게 된 건 내가 초등학교에 들어가고 나서였다. 그 때 영감의 나이는 지금의 내 나이와 거의 같았다. 열 살이 채 안 되는 어린아이도 집 안의 무거운 공기에 짓눌릴 수 있었다. 그 무게와 압력 그리고 밀도가 오직 우리 집에만 존재한다는 이상한 사실을 나는 친구 집을 드나들지 않고도 저절로 알아차 리게 되었다. 누가 가르쳐주지 않아도 저절로 알게 되는 것들 은 그것들 자체가 압도적이기 때문이다. 모르거나 모른 척하기 가 불가능해지는 한계선이 분명 존재하니까. 가령 학교에서 가 져오라는 가족사진이 없다든가 하는. 한복 차림의 부모가 역시 한복을 입은 나를 가운데 앉히고 찍은 돌잔치 사진을 가져가느 니 아무것도 가져가지 않는 게 더 현명한 대처임을 일찍 알게 되는 건 무척 슬픈 일이었다.

아마 그때부터였을 것이다. 영감의 슬픔과 나의 슬픔 중 어 느 것이 더 깊은 것인지 가늠해보는 습관이 생긴 시점은. 고요 한 습관이었다. 그래도 아빠는 할머니가 있지 않아? 나는 엄마 도 없는데? 가늠의 끝에는 늘 그 물음이 매달려 있었고 거기까지 도달하면 나는 의기양양한 기분에 젖어들었다. 어쩐지 이긴 기분이었다. 영감이 아무리 서재에 틀어박혀 우울의 기운을 문 밖까지 발산해도 엄마가 없는 나를 이길 수는 없다는 단호한 자신감 같은 게 생겼다. 그 문제를 제외하면 자신감이라는 추상적이고 관념적인 사태가 구체화되는 일은 거의 없었다. 전혀 없었다고 자신할 수 있다. 아닌가? 이렇게 되면 다시 거의라고 해야 하나?

낱장으로 분해되지 않은 책이 아직 수십 권 더 있었다. 남자가 짚은 페이지 이후를 찾아보고 싶은 충동과 싸웠다. 싸움은 의외로 격렬했다. 잠자리에 들어서도 그 생각으로 뒤척였다. 그러다 까무룩 잠이 들면 몇 번이나 잠의 가장자리로 기어 나왔다가, 다시 중심으로 끌려 들어갔다. 가장자리에서는 어김없이 책을 떠올렸다. 마지막 박스 안에 책의 형태로 남은 것들이 감은 눈 안으로 진군하듯 들어오면 몸을 뒤척여 털어내고 반대편으로 돌아누우며 밀어냈다. 어쨌거나 저자명 자리에 모르는 이름이 인쇄된 『여름, 비, 소년들』이라는 책을 책으로 대하는 일만큼은 거부하겠다. 이런 생각이 들면 잠결에도 놀랐다. 유혹이 생각보다 집요했고 그것을 뿌리치려는 저항도 균형을 맞추듯 질겼기 때문이다. 며칠 후 새벽녘, 더 버티지 못하고 일어나 책을 분해하기 시작했다. 가운데를 꺾어 거기서부터 한 장씩 뜯어냈다. 해가 뜨자 방 안 가득 부유하던 종이 먼지가 빛을 받아 반짝였다.

영감이 쓴 책이 아닐 수도 있다. 아닐 것이다. 그럴 리가 없다. 생각을 한쪽으로 몰아가면서도 나는 도저히 참지 못하고 그중 한 장을 집어 들었다. 그때까지 잘 참아온 나를 배신한다는 실망감과 분노도 그 행동을 저지하지 못했다. 오히려 그동안의 막무가내식 무시와 외면, 고집이 하찮게 느껴질 정도였다.

장미가 흐드러지게 핀 놀이동산이 아니었다면 나는 호의 제안을 거절했을 것이다. 호는 감질날 정도로 띄엄띄엄 연락을 해왔다. 호의 연락 수단은 주로 엽서였는데 뒷면의 내용을 누구라도 볼 수 있다는 특징이 주효했을 것이다. 누가 보더라도 별 내용이 없는 안부가 대부분이어서 나는 안심이 되면서도 야속함에 눈물이 날 지경이었다. 그러나 달리 무슨 방법이 있었을까? 내가 결혼을 하고 더구나 아이를 낳으면서까지 호를 밀어내지 않았던가? 호는 밀려났으면서도 나를 원망하지 않는 듯했다. 아니, 그건 아닐 것이다. 원망을 삼켰을 것이다. 적어도, 희망 없는 우리 두 사람이 오직 절망에만 머물지 않기 위해 택한 방법이었을 것이다. 나는 비겁했다. 호의 엽서를 책상 위에 놓고 한 글자 한 글자를 모조리 마음에 새기며 그 내용을 기억하고, 때때로 복기하면서도 답장하지 않았다. 영하의 날씨에

호가 옷을 입은 채 수평선을 향해 걸어 들어갔다는 소식을 듣던 날, 그러나 그가 누군가의 억센 팔에 이끌려 사장으로 끌려나왔다는 이야기에 나는 찰나였지만 원망했다. 호가 아니라 호를 살려낸 그 누군가를. 호의 죽음이 두려운 게 아니라 살아 있는 호가 두려웠던 것일까? 내 삶으로 받아들일 수도 완전히 배제할 수도 없는 존재에게 더 이상 휘둘리고 싶지 않아서였을까? 하지만 호가 그날 성공했다면 나는 어떻게 되었을까? 호가 바란 것은 바로 그것일지도 모른다. 고통에서 벗어나는 것이 아니라 되돌릴 수 없는 상처를 내게 남기고 회복될 기회를 봉쇄하는 것.

차가운 줄도 모르겠더라고.

아이를 가운데 두고 양쪽에서 아이의 손을 잡고 걸어 다니다 호가 불쑥 말했다. 호는 아이의 손을 놓고 몇 걸음 빠르게 걸어갔다. 끝, 이라는 말이 혀끝까지 올라왔다. 호는 피에로 분장을 한 솜사탕 장수에게서 분홍색 솜사탕을 사 와 아이 손에 쥐여주었다.

고맙습니다, 해야지?

아저씨, 고맙습니다.

그다음 장은 읽지 않아도 알 듯했다. 솜사탕을 쥐고 다니던 아이의 손이 끈끈해졌다. 아이는 꼭 잡힌 반대쪽 손을 빼내서 솜사탕을 옮겨 쥐었다가 다시 이쪽 손으로 쥐느라 혼자 걸음이 느려졌다. 어른들은 몇 걸음 걷다 멈춰야 했다. 아이의 속도에 맞추면 될 일이었는데 두 사람은 번번이 아이를 잊기라도 한 듯 성큼성큼 걷다가 멈춘 다음 기다리거나 되돌아왔다. 아이는 솜사탕을 먹지 않고 참았다. 손가락에 닿아 뭉쳐진 아랫부분의 분홍색이 진해졌다. 무엇 때문인지 진해진 분홍색이 무서웠는데 손가락의 불쾌한 감촉까지 더해 메슥거리기 시작했다. 어른들은 아이가 솜사탕을 왜 먹지 않는지에 신경 쓰지 않았다. 먹지 않는다는 사실조차 알아차리지 못했다. 그들은 간간이 대화를 나누었고 대화 사이에 오래 침묵하면서 방향을 정하지 않고 자꾸 걸었다. 뙤약볕이 제법 강한 날씨였다. 장미가 활짝 피어 있었으니 아마 5월 말이나 6월 초 정도의 더운 날이었을 것이다. 이마와 목덜미에 땀이 송골송골 맺혔지만 끈끈해진 손을 대지 않으려 아이는 기를 썼다. 그랬을 것이다. 정확하지는 않다. 분홍색의 섬뜩함, 끈끈한 감각과 함께 기억에 어렴풋이 남은 것은 어느 순간 왈칵 신물이 넘어와 게워냈는데 그게 신발에 떨어진 장면. 다음은 잘 기억나지 않았다. 그대로 축 늘어졌던 것 같고 업혔던가, 안겼던가, 한 자세에서 기억은 끊어졌다.

그때 그 아저씨가 '호'였을까? 아니다. 이건 아마도 소설일 테고, 영감이 쓰지 않았을 수도 있다. 아무래도 그럴 것이다. 그렇다면 책 속의 '호'가 이 글을 썼을까? 그 역시 알 수 없다.

하지만 둘 중 누가 썼든, 혹은 다른 사람이 썼든 『여름, 비, 소년들』은 영감의 이야기인 것 같았다. 무엇보다도 오래된 책 수백 권을 집에 보관하고 있는 게 그 증거였다. 책에 관해서라면 다르게 해석할 방법이 없었다.

온라인 서점 사이트에서 책 제목을 검색했다. 그 또한 계속 억눌러오던 충동이었다. 알고 싶지 않다며, 정확하게는 알고 싶지 않아야 한다며 억제했던 충동이 최소한으로 쪼그라든 용수철처럼 한꺼번에 튀어 올랐다. 알라딘에도, 예스24에도, 교보문고에도 책 정보는 없었다. 네이버에, 구글에, 모조리 검색해보고 '호'자로 끝나지도 않고 영감의 이름도 아닌 낯선 저자명을 넣어보기도 했지만 의미 있는 결과는 아무것도 없었다. 분명히 가격까지 명시된 판매용 책이었는데. 판매하려다 말았는지, 판매하다 회수한 건지 아무것도 알아내지 못했다. 그제야 나는 가까스로 이전의 마음으로 돌아갈 수 있었다. 벽에 부딪히자 마치 벽에는 얼씬도 안 하겠다는 처음의 결심이 흔들리지 않았던 척 그렇게.

그 남자가 다시 온 건 봄도 거의 지나고 더위가 시작되려는 무렵이었다. 라일락이 향을 짙게 내뿜는 날, 이번에는 일행을 데리고 왔다. 담장을 없애버린 집 겸 가게에 예전부터 있던 라일락 두 그루는 손님을 불러들이는 역할을 착실하게 해주었다.

SNS에 라일락 아래에서 찍은 사진과 아직 미완성으로 남은 벽면 사진이 자주 올라왔다. 친절하게 태그를 붙여놓은 덕에 열심히 찾지 않아도 심심치 않게 사진을 발견할 수 있었다. 손님이 점점 늘어나면서 벽면의 여백이 메워지는 속도도 빨라졌다. 여백이 남았음에도 몇 겹으로 덧붙여진 곳까지 생겨났다. 빈 곳을 남겨둔 채 남이 붙여놓은 책장 위에 덧붙이는 건 무슨 심리일까 간혹 궁금하기도 했다.

내가 말했지?

남자가 놀란 표정으로 벽면을 둘러보던 동행에게 말했다.

궁금한데 말야. 순서대로 읽을 수는 없어.

남자는 전과 같이 뒷면에 풀칠한 책장을 동행에게 건넸다. 형이 동생에게, 혹은 선생이 학생에게 하듯 다감하고 배려 있는 동작이었다. 동행이 책장 귀퉁이를 최대한 잘 맞춰 붙이려고 공들이는 동안 남자는 등 뒤에 서서 그 모습을 바라보았다. 직감할 수 있었다. 둘 중 하나는 분명 '호'일 것이고 다른 하나는 '나'. 남자는 아마도 조금 눈길을 끌게 된 도배 퍼포먼스보다는 활자가 품고 있는 내용 때문에 그를 가게로 초대한 듯했다.

남자의 동행은 책장을 붙이고 나서 그 내용을 읽느라 한참 서 있었다. 한 발 뒤로 물러나 있던 남자가 조용히 다가가 동행의 어깨에 턱을 얹고 같은 방향으로 시선을 겹쳤다. 잠시 후 그들은 자리에 앉아 따뜻한 차를 주문했는데 남자는 잔을 내려놓는 나와 눈을 맞추었다. 순간이었지만 그의 눈동자에 어린 수줍음과 자랑 그리고 호의를 나는 읽을 수 있었다.

그들이 떠나고 나서 남자의 동행이 작업한 부분을 읽었다. 그때까지 대단한 인내심을 발휘했던 터라 남자가 계산을 끝내자마자 나는 벽으로 돌진하다시피 다가갔다.

문예반에 들어갈 생각은 없었다. 나는 그저 조용히, 아무도 내게 관심을 두지 않게 하는 데에 학교생활에 기울여야 할 모든 기운을 쏟을 작정이었다. 그건 어느 정도 자신 있는 일이기도 했다. 어떤 것에도 재미를 느끼지 못하고 공부만 그럭저럭 상위권에 턱걸이를 하던 나로서는 친구가 없는 일상도 괜찮다고 생각했다. 실제로 언제부터인가 친한 친구를 만들지 않았고 그런 생활에 익숙해져 있었으므로 아무도 말을 걸지 않는 등하굣길이나 자습 시간이야말로 가장 편안하고 충만한 시간이었다. 누구에게도 질문하지 않았고 누군가의 질문에는 다른 질문으로 결코 이어지지 않을 짧고 훌륭한 대답을 늘 마련해두고 있었던 덕에 가능한 평화였다.

시를 쓰려고.

호가 눈을 찡긋하며 내 반응에 집중했을 때 나는 한 번도 생각해보지 못한 말을 해버렸다.

나는 소설.

문예반에 가서는 쓰는 척했다. 실제로 쓰지는 않았다. 못 썼다. 낙서를 하거나 책을 읽거나 하면서 시간을 때우는 내내, 시를 쓴다는 호의 뒷모습을 훔쳐보는 데에 가진 힘을 다 썼다. 오십 분의 시간은 터무니없이 짧게 느껴졌지만 클럽 활동이 끝나고 집으로 올 때는 기진맥진해서 가방을 들 수조차 없었다. 누가 보건 말건 가방을 앞으로 끌어안고 터벅터벅 걸었다.

나름대로 훌륭하게 유지되었던 평화는 깨졌다. 시끌벅적한 교실에서 호의 말소리를 놓치지 않으려 귀를 쫑긋거리게 되었고, 등하굣길에서는 혹시 호를 마주칠 수 있지 않을까 공연히 왔던 길을 거꾸로 한참 돌아갔다 거기서부터 다시 뒤를 의식하며 천천히 걷기도 했다. 학교 앞 정류장에서는 버스 두세 대를 그냥 보냈다. 왜 안 타느냐고 누가 물어보면 어쩌나 전전긍긍하며 어떤 대답이 자연스럽게 먹힐까 궁리하곤 했다. 호는 지나치게 쾌활하거나 지나치게 침울했다. 호의 쾌활함은 나를 달뜨게 했고 침울함은 나를 늪에 처박았다.

쉬는 시간, 교실 안이 난장판이 되면 호는 책상 위에 놓인 내 손가락을 손끝으로 쓸고 지나가곤 했다. 다른 곳을 보면서도 호는 싱긋 웃었다. 목덜미까지 달아오른 채 숨이 멎어버리던 나.

찻잔을 잡은 남자의 손가락을 동행이 손끝으로 쓸던 장면이 문장 위로 겹쳐졌다. 그들의 자연스러움과 당당함을 '호'와

'나'는 끝내 가질 수 없었을 것이다. 나는 그것을 알 수 있었다. 그리고 그 결과가 어땠는지도 아주 잘 알 수 있었다. 덕분에 나는 충분히 외로운 놈이 되었지. 물론 '나'가, 혹은 '호'가 나보다 더 외로웠을 것이다. 아무래도 그랬을 것이다. 어쩌면 비교할 수 없을 정도로. 그런데 왜 비교해야 하지? 그것이 무슨 의미가 있나? 내 몫도 감당 못해 이토록 시시한 인생이 되고 말았는데? '나'가 아무리 외로웠다 해도 그건 '나'가 감당했어야 한다. '나' 선에서 해결했어야 한다. 거기에 나를 끌어들이지는 말았어야지.

하나도 읽지 않겠다는 애초의 결심은 현명한 결정이었다. 감정 같은 것이 자꾸 생겨나는 것은 번거로운 일이니까. 충격이나 연민이나 후회 같은 쓸데없는 감정들. 다시 처음으로 돌아가는 게 옳았다. 탁자 위에 쌓아둔 책장을 쓸어 모아 빈 박스에 던져 넣었다. 이걸로 됐다, 하는 개운함과 괜한 짓을 벌였다는 자책이 밀려왔다. 가게를 지키는 동안 벽면을 노려보는 새로운 습관이 생겼다. 최소한의 응대 이외의 시간은 그 습관에 할애했다. 그러지 않으려 했지만 뜻대로 잘되지 않아서 몰두할 다른 대상이 있으면 나을 것 같아 게임 앱을 깔았다. 깨어 있는 대부분의 시간, 모바일게임에 열중하기 시작했다. 블록을 맞추고 숨겨진 물건을 찾고 때려 부수고 쏘아 없애는 행위에 빠져 머리를 텅 비웠다. 별 재미는 없었지만 효과는 있었다. 시간이 잘 갔다.

도배 퍼포먼스를 중단하고 나니 가게 문을 연 이후 처음으로 마음이 평온했다. 다행히 손님들은 우려했던 것보다는 벽에 큰 관심을 두지 않았고, 간혹 고개를 갸우뚱하는 이들도 있었지만 그 정도에서 그쳤다. 매상은 일정 궤도에 올라 적정 수준을 유지했고 날씨마저 화창했다. 내 인생에 평온이 존재할 리 없는데 잠시 그런 줄 알았다. 방심했던 거다. 착각은 며칠 만에 끝났다. 실내가 건조해서였을까. 한쪽 귀퉁이부터 들뜬 책장 하나가 에어컨 바람에 부르르 떨더니 떨어졌다. 투둑. 그리고 또 한 장이 툭.

조곤조곤 수다를 떨던 손님 한 명이 다가가 책장을 주워 들고 말했다.

저기요. 제가 좀 붙여봐도 돼요? 여기 원래 도배하는 카페잖아요.

풀을 내주든가, 책장을 회수하든가. 마음을 정하지 못해 멍하니 책장에 눈길을 주었다. 손님은 조금 기다리다 아쉽다는 듯 책장을 내밀어 내게 건네곤 자리로 돌아갔다.

……하염없이 길어지는 주례사가 현실의 것이 아닌 느낌이었다. 나의 현실은 출입문 옆에 양복을 입고 서서 어금니를 꽉 문 호의 존재였다. 폐부까지 찌르는 것 같았던 그 여름 폭우 속

의 숨결과 혀의 감촉도 분명 현실이었으나 동시에 현실이 될 수 없었다. 호가 아직 그 자리에 서 있을까. 하객 쪽으로 돌아섰을 때 호가 사라지고 없기를, 아니, 사라지지 않기를. 내 신경은 온통 거기에만 꽂혀 있었다.

빌어먹을. 책장을 구겨 휴지통에 버렸다. 잠시 후 꺼내 폈다가 잘게 찢어서 다시 버렸다. 영감은 끝까지 나를 엿 먹이는 중이었다. 영감의 시나리오는 어디까지일까? 어디까지 예상하고 유유히 실버타운행을 택한 걸까? 거기서는 혹시 ‘호’와 함께일까? 한 권 정도는 남겨둘 걸 그랬나? 눌러왔던 질문들이 은폐물 뒤의 적들처럼 한꺼번에 튀어나왔다. 게임 앱을 열었다. 쉼없이 출현하는 괴물과 적군을 찌르고 쏘고 폭파했다. 아니다. 그러려고 했을 뿐 잘되지 않았다. 손이 마음대로 움직여지지 않았고 마음이란 건 게임보다 책의 내용에, ‘호’와 ‘나’에게 자꾸 쏠렸다. 다시 시작한 게임은 금방 종료되었고, 곧바로 다른 게임을 시작해봐도 마찬가지였다. 몇 번이나 시작하자마자 죽고, 시작하자마자 튕겨 나갔다. 이만하면 게임 앱을 닫고 지도 앱을 열어봐야 하지 않겠느냐고, 마음 한 자락이 나를 충동질했다. 영감이 있다는 실버타운이 어디인지 한번 확인해보라고, 가지는 않더라도 확인은 해보라는 충동이 게임의 타격감처럼 실감 나게 심장을 찔러댔다. 핸드폰을 손에 쥔 채 그 충동을 외면하기는 쉽지 않았다. 금방이라도 굴복하게 될까 봐 겁이 났다. 그런 상태를 인정하고 싶지 않아 태연한 척 몇 차례 더 게임을 시도했다가 결국 핸드폰 전원을 끄고 계산대 아래로 던져 넣었다.

가게 문을 닫자마자 뒷정리도 하지 않고 이층으로 올라갔다. 할머니의 자개장에는 이제 내 짐이 들어찬 상태였다. 장롱은 내부가 넓어서 얼마 안 되는 짐들이 다 들어가 있었다. 그 앞에 쭈그리고 앉아 자개 문양을 하염없이 바라보았다. 사슴과 거북과 소나무와 바위들. 할머니가 가르쳐주었던 대로 십장생 중 여덟 개는 이번에도 금방 찾았다. 나머지 두 개는 아무리 애를 써도 생각나지 않았다. 당연했다. 처음부터 몰랐으니까. 모르면서 잠깐 잊은 척했다. 그게 뭐가 다른지 몰라서.

최소한의
나

내가 그 산을 처음 본 건 작년 이맘때였다. 그때는 산이 아니었다. 작은 언덕이라고 해야 하나. 그것도 아니다. 소규모의 공사장에서 흔히 볼 수 있었던 모래 더미에 가까웠다. 그러고 보니 그런 공사장은 이제 볼 수 없게 되었다. 뭐든 지었다 하면 어마어마한 규모의 아파트 단지, 초고층 빌딩 같은 건물들이니까. 그런 곳에선 모래를 쌓아두지 않는다. 레미콘 차량이 반죽된 콘크리트를 쏟아붓지. 대량의 콘크리트 반죽이 빈 곳을 메우는 상상을 하면 그 안으로 빨려들 것만 같은 기분이 든다. 현장에 가본 적도 없으면서 어떻게 그런 기분이 드는지 좀 이상한 일이다.

네가 산을 좋아했던가. 암벽을 탄다고 했던가. 이젠 기억이 잘 나지 않는다. 어떤 일들은 그런 식으로 희미해졌다. 반대로 어떤 일들은 시간이 흐를수록 더 예리해지는 칼날 같다. 나의 가슴을 찔렀던 너의 말과 행동을 나는 잊지 못한다. 잊고 싶지 않은 건지도 모른다. 그것들이 너무나 자극적이어서 나는 오랫동안 다른 자극을 피하려고 죽을힘을 다해 웅크려온 것일까. 공벌레처럼. 지금은 어디서도 찾아볼 수 없는 공벌레 말이다. 언젠가 네가 구두 끝으로 쓱 문질렀던 공벌레. 툭 건드리자마자 공처럼 몸을 만 그 벌레를 너는 갈등 없이 짓이겼다. 그 순간 네가 잠깐 찡그리기라도 했다면. 무심했던 너의 태도를 나는 잊지 못한다.

우리가 처음 갔던 여행을 자주 떠올린다. 지나치게 자주 떠오른다. 그때는 너와 함께 어디론가 간다는 이유만으로 한껏 들떠 있었다. 여행 장소 같은 건 하나도 문제가 되지 않았고 여행지에서 시간을 어떻게 보낼까 하는 것도 전혀 중요하지 않았다. 오직 너와 같이 있고 싶은 욕망밖에는 없었던 시간이었다. 우리는 서로를 향한 싱싱한 욕망을 품고 있어서 다른 조건이 필요하지 않았다. 고급스러운 숙소나 편안한 차편 같은 것들, 혹은 값비싼 물건들과 기름진 음식. 그때는 필요치 않았던 이 모든 것들이 결국 너와 나를 갈라놓았나. 한때 우리의 모든 것으로 군림했다가 이제는 너의 신앙이 된 것들. 그것들이 숭배의 대상이라면 지금의 나는 배덕자라고 해야 할까?

어제 산 주변을 돌았다. 산은 우리 구역의 거대한 아파트 단지와 단지 사이, 내 집에서는 조금 떨어진 곳에 있다. 사람들은 참 뻔하지. 뻔하게 이기적이고 뻔뻔하고 대책이 없다. 자신들의 아파트 단지에 그 많은 쓰레기를 수용할 수 없다고, 수용하기 싫다고 단지 밖 공터에 내다 버리다니. 산은 금세 가파른 능선을 이루었다. 세탁기가, 냉장고가, 소파가, 침대가, 종류도 다양한 살림살이가 밤마다 쌓이고 쌓인 위에 또 쌓이고 무너져 내려 산은 야금야금 그 영토를 늘려나간다. 게다가 그 수많은 옷과 신발들. 상상할 수 있니? 지구의 모든 생명체 중에서 오직 인간만이 그렇게 많은 쓰레기를 생산하고 사들이고 싫증 내고 가차 없이 내다 버려 곳곳에 거대한 산을 만들고 있다는 것을. 네가 사는 곳은 사정이 조금 다를 수도 있을까? 이 땅의 상위 1퍼센트에 들어야 살 수 있다는 그 지역의 주민들은 누구보다 많은 쓰레기를 만들어내면서도 쾌적한 환경을 누리고 있을까? 버릴 곳을 잃은 수거업체들마저 두 손 든 지금에도 말이다.

어제 산 주변을 돌았다는 이야기를 하다 말았나? 어제는 날이 몹시 흐려―흐리지 않은 날이 없고―그곳에서 악취가 피어올랐다. 악취는 이제 이 도시의 필수 성분이 된 듯하다. 악취는 산을 중심으로 뒤엉켜서 구렁이처럼 똬리를 튼 채 도무지 풀릴 기미가 없다. 그것들은 한 마리에서 두 마리로, 두 마리에서 세

마리로, 열 마리로, 백 마리로, 셀 수 없이 불어나 언젠가 도시를 통째로 삼킬 것이다.

그 아이를 또 보았다. 이번에도 나는 가까이 가지 못했다. 아이가 나를 보면 달아날까 봐, 공포에 질린 비명을 지를까 봐 두려웠다. 아이는 치렁거리는 옷을 입고 쓰레기 산을 헤집고 있었다. 웃옷도 바지도 작은 몸에는 지나치게 헐렁했다. 옷자락은 쓰레기와 쓰레기 사이에 끼이기도 했고 그것들을 건드려 무너뜨리기도 했다. 아이는 자신의 몸집보다 큰 비닐 가방을 끌면서 다녔다. 한 손으로 끌다가 어딘가 걸리면 두 손으로 힘겹게 들어 올려 옮겨놓기도 하면서. 가방에 무엇이 들었는지 궁금했으나 물어보지 못했다. 아무래도 아이는 버리러 온 사람이 아니라 주우러 온 사람으로 보였다. 아이는 무엇을 주우려고 왔을까? 어쩐 일인지 나는 그 아이가 특별한 무언가를 찾는 것 같았다. 그저 쓸모 있는 물건이나 돈이 되는 물건을 찾아 헤매는 것 같지는 않았다는 뜻이다. 하지만 정말 그랬을까? 그 아이에게 특별한 무언가가 그 산에 있을 수도 있었을까? 과연 무엇이?

우습지? 누군가는 끊임없이 소비하고 내던지는 역할을, 누군가는 그것들을 헤집어 무언가를 거두는 역할을 맡는다는 사실이? 아니, 아니, 너는 그런 일에 통 관심이 없을 테지. 나는 자꾸만 잊는다. 네가 얼마나 네게 무익한 사람에 무관심한지,

네게 유익한 사람에게 예민한지를.

네가 산을 좋아한다고 했던가? 케이블카를 타고 정상에 올라가 아래를 내려다보면 통쾌하다고 했던가? 집라인을 타고 스피드를 즐길 때 짜릿한 그 느낌이 성공의 쾌감과 닮았다고 했던가?

돈이 생기면 케이블카를 타고 오를 수 있는 곳으로 가자.

남쪽의 산, 깊은 계곡에 쳤던 텐트를 걷으며 네가 말했다.

돈이 생기면.

우리에게 그 말이 다소 절박했기에 나는 '케이블카를 타고'라는 뒷말을 흘려보냈다. 못 들은 걸로 하고 싶었다. 케이블카를 타고 단숨에 산꼭대기에 오르듯 너도 무서운 속도로 정상에 도달하기를 꿈꾸었나? 초고층 빌딩의 사무실과 펜트하우스, 고급 호텔의 라운지, 비행기의 일등석. 너의 꿈이 그런 것들이었음을 나는 조금씩 알아나갔다. 그럴 수 있다고 생각했다. 그 정도까지는 아니었지만 나의 꿈도 방향은 같았으니까. 다달이 월세를 걱정하지 않아도 되는 전셋집, 정기적으로 인상되는 전세금을 걱정하지 않아도 되는 내 집, 먼 거리를 이동할 때나 짐이 많을 때 좀 더 편하게 움직일 수 있는 승용차 같은 것. 나도 그 정도의 생활은 누리고 싶었다. 그때만 해도 모피 코트를 두른 부자를 혐오하면서도 가죽 구두를 신는 사람이었으니까. 회식 자리에서 삼겹살을 부지런히 집어다 먹는 사람이었으니까. 우리가 열심히 일하고 낭비하지 않는다면 가능할 거라는 희망이 있었다. 그런 희망이라면 숭배할 가치가 있다고 믿었다. 주말이면 늦잠을 자고, 오후 햇살을 받으며 천천히 산책을 하고, 영화관에 가서 마음에 드는 영화를 보는 동안 손을 더듬어 잡기도 하는 시간을 누릴 수 있을 거라는 희망. 그리고 언젠가는, 우리를 닮은 아이가 잠투정을 하느라 칭얼거릴 때 상대가 깰까 봐 서둘러 아이를 안고 달래는 날이 오리라는 희미한 기대도.

그 아이는 아직 아이답게 칭얼거릴 수도 있었을 것이다. 자기 몸집보다 큰 비닐 가방을 끌고 다니기보다는 장난감이나 동화책이 어울릴 그 아이에게 마땅히 그럴 권리가 있어야 한다. 무엇 때문에, 무슨 일을 겪었기에 아이는 그런 모습을 하고 쓰레기 산을 뒤지고 있었던 걸까? 그런 풍경을 본 적 있나? 보게 될 거라고 상상해본 적 있나?

지구상의 모든 일은 돈 때문에 벌어진다.

네가 말했다. 너의 말은 반은 맞고 반은 틀렸다고 말하고 싶었으나 나는 자신이 없어졌다. 돈이 있으면 좋은 집에 거주할 수 있을 것이고, 돈이 있으면 원하는 만큼의 재화를 가질 수 있고, 살고 싶은 방식으로 살 수 있을 것이다. 너의 말을 나는 암묵적으로 수긍했다. 완전하지 않은 수긍이었다. 그렇게 살지 않는 지구인도 있다. 네가 인정하고 싶지 않은 사람들. 너와 대립하고 싶지 않았으므로 나는 그 말을 하지 않았다. 나의 침묵이 네게는 완전한 수긍이었을까? 그때 네 눈은 진리를 설파하는 자처럼 자부심에 빛났으나 나는 그 빛에 가려진 패배 의식을 보았다. 그리고 너의 말과 말 사이 다소 빨라진 호흡은 거꾸로 나를 움츠리게 만들었다. 데일 것 같았다. 네 뜨거워진 욕망은 식을 줄 모르고 기세 좋게 타올랐다. 무분별하게 쓰레기를 소각할 때 나는 시커먼 연기 같았지.

그런 연기를 너와 같이 보았다. 제대로 된 소각로에서 태워야 한다고 내가 말했을 때 비용의 문제라고 너는 차갑게 나의 말을 처리했다. 비용 때문에 저런 식으로 쓰레기를 처리하면 안 된다고 내가 비난하자 너는 어깨를 으쓱하고 말았다. 너에게는 그런 일이 조금도 중요하지 않았던 것이다. 약속을 어기고 무분별하게 쓰레기를 태워 발생하는 유독 가스가 공기 중에 흩어진다. 그런 일이 계속되고 그보다 더한 일도 반복된다. 이를테면 네가 매일 타고 다니는 승용차, 네가 먹는 스테이크, 네가 주저 없이 사들이고 금세 싫증 나 내버리는 엄청난 양의 쓰레기들. 플라스틱들, 비닐들. 게다가 지나치게 자주 다니는 항공 여행. 어느 시골에서 우리가 보았던 쓰레기 소각은 참으로 소박한 문제에 불과했다. 나는 나중에 알게 되었다. 두 직선이 미세한 각도로 벌어지기 시작하면 끝내 다시 만날 수 없다는 진실을. 너와 내가 겹쳐진 건 잠시였을 뿐 교차점을 통과한 후로는 내내 다른 지점을 향해 뻗어가는 직선이었음을.

교차점을 이루었을 때 우리는 같은 일을 하고 있었다. 사들이고 또 사들이고, 소비하고 더 소비하도록 부추기는 일이었다. 필요를 발명해내는 생산업체와 놀라운 발명품들을 퍼뜨리는 유통업체의 구미에 맞춰 인간들의 탐욕을 부추겼다. 당신은 구매할 수 있다고 용기를 불어넣었고 구매해야 뒤처지지 않는다고 조바심을 자극했다. 우리는 일을 썩 잘했다. 달콤하게 유혹할 줄 알았고 적당히 위협할 줄 알았다. 우리 또한 유혹에 약했고 위협에 쉽게 굴복하는 쪽이어서 그들의 속성을 아주 잘 알았으니까. 욕망이라면 나도 만만치 않았다. 그래, 그랬다. 나는 성취하고 싶었고 잘살고 싶었다. 너와 함께했던 한 시절, 나는 그런 사람이었다. 불안과 의심을 봉인해두고 외면할 줄 아는 사람이었다.

출세하고 싶었어.

출세라는 말을 내뱉고 나니 그 말의 어딘가에서 신선하고 솔직한 냄새가 난다. 뭐랄까, 갓 구운 빵 냄새 같다고 할까? 기억 나니? 파리의 마레 지구에서 우리는 아침 산책길에 길을 잃었지. 드물게 여유로운 출장길이었다. 그런 기회는 쉽지 않았는데 운 좋게도 우리에게 그 일이 떨어졌다. 실은 약간의 포상 휴가 비슷한 출장이었다. 그게 아니라면 시차 걱정은커녕 출장지에서조차 밤샘작업이 예비되어 있었을 것이다. 이른 아침의 마레 지구에서 우리는 천천히 걸었다. 고풍스러운 그 지역에 스며든 시간의 가치를 낱낱이 이식해오기라도 할 것처럼 그렇게 천천한 걸음. 이런 기회를 쟁취하다니. 우리는 감격했다. 우리는 목표를 향해 돌진만 할 줄 알았기에, 단 한 번도 에두른 적 없었기에 천천한 걸음은 최초의 사치 같아서, 길은 쉽게 찾아지지 않았으나 그마저도 좋았다. 박석이 깔린 고요한 길은 안개가 아직 다 걷히지 않았고 아무도 없는 거리는 우리가 소유했다. 우리의 거리에서 긴 입맞춤을 나누었을 때는 온 우주에 둘만 존재했다. 그 순간 어디선가 풍겨왔던 달콤한 버터 냄새. 빵 반죽이 익는 따뜻한 냄새였다.

빵 냄새가 어땠는지 기억이 흐리다. 어쩐지 빵을 구울 수도 있을 것 같다. 스타터를 구해서 밀가루를 먹여가며 냉장고에서 키우고, 그중 일부를 덜어 빵을 굽고 나머지는 다시 밀가루를 더해서 발효시킨다는, 그런 식으로 몇 대째 반죽을 물려받을 수도 있다는 이야기를 어디선가 읽었다. 몇 대라고 했다. 내가 지금 스타터를 구해서 반죽을 뭉쳐놓으면 그걸 누가 물려받게 될까? 내 다음 세대가, 혹은 그다음 세대가 과연 존재하기나 할까? 인간은 효모보다 빨리 사라질 운명 아닐까? 그리고 무엇보다도 내게는 냉장고가 없다.

너와 함께했던 그 집의 대형 냉장고가 기억난다. 집에서 식사를 할 시간도 없는 주제에 냉장고는 언제나 가득 차 있었다. 무엇이 들어 있고 그중 무엇이 썩어가는지조차 알지 못하면서 말이다. 그뿐이 아니었다. 우리는 김치냉장고와 냉동고도 들여놓았다. 아니지. 우리가 들인 게 아니라 그 집에 붙박여 있던 가전제품들이었다. 모조리 대용량이었으나 안에는 여유 공간이 남아 있지 않았다. 시장 조사를 한다는 허울 좋은 핑계를 내세워 우리는 경쟁적으로 쇼핑 앱의 주문 버튼을 눌렀고 날마다 새롭게 쌓이는 배송 상자들은 다 풀어보지도 못한 채 방치되었다.

둘이 살기에 넉넉했던 공간은 점차 물건들에 점령당했다. 우리가 실제로 사용한 공간은 겨우 침실, 겨우 소파, 겨우 욕실, 겨우 식탁의 일부, 겨우 서재의 일부에 불과했다. 그조차도 잠깐에 그쳤다. 우리의 공간은 사람보다 물건에 최적화된 곳이었다. 최신형, 초대형의 가전제품들, 다량의 신제품들에. 대형 냉장고는 썩어가는 음식물이, 대형 드레스 룸은 계절이 바뀌어도 손길 닿지 않는 신상 의류와 가방이, 서재의 책장은 결코 읽히지 않을 책들이, 주방의 수납장은 단 한 번도 사용되지 않은 실버웨어와 디너 세트가 점유했다. 트렌드에 민감했던 우리가 주문한 똑같은 책이 거의 같은 시기에 배송되기도 했다. 너는 그중 하나를 휴지통에 처박았지. 아무런 미련도 없이. 우리가 누린 건 주문하는 행위였던 걸까. 그 물건들을 제대로 사용하지도 못하면서. 우리는 결국 물건을 위해 일하고 물건을 위해 집을 샀던 건가?

지금의 내 집도 그러하다.

네가 이곳을 보게 된다면 어떤 표정을 지을까? 나는 그것이 몹시 궁금하다. 아니다. 궁금하지 않다. 나는 그 표정을 안다. 그 표정을 만드는 찌그러진 입매, 눈가의 미세한 주름, 좁아진 미간을 선명하게 기억한다. 그것이 나를 밀어냈다. 동시에 나도 너를 밀어냈다. 네게는 거울을 보듯 너와 동일한 표정의 내 얼굴이 남아 있을지도 모르겠다. 그게 아니라면, 너는 혹시 나라는 존재를 송두리째 도려냈을까? 어디서도 만난 적 없다고 믿고 싶을까? 한동안 우리는 최대한의 면적을 맞붙인 상태였으나 너와 나 사이를 비집고 들어온 척력은 시간에 비례해 막강해졌고 그것은 불가역적이었으므로 네가 그렇다고 해도 나는 너를 이해한다. 이해하고 싶다. 하지만 씨발, 왜 그래야 하지?

욕은 하지 않겠다. 우리는 서로에게 욕할 자격이 없다. 누군들 그럴 자격이 있겠니? 하던 이야기를 마저 하겠다. 집 이야기를. 내 집 말이다. 내 집도 물건에 점령당했다. 나는 두 발을 온전히 뻗고 누울 공간이 없는 방에서 몸을 웅크린 채 잠이 들곤 한다. 잠 속으로 빠져들 때 나는 생각한다. 태아의 자세로군. 우리가 함께 보았던 흑백 초음파 사진 속에서 자그맣게 몸을 말고 있던 그 아기의 자세를 떠올린다. 간절히 원한 바 없었지만 기척 없는 손님처럼 깃들인 그 아기를 우리는 그럭저럭 기뻐했다. 그럭저럭이라고 표현하고 나니 미안하다. 네가 아니라 아기에게. 물론 기쁘지 않았던 건 아니다. 다만 우리의 계획에는 아직 없었던 일이었고, 따라서 아무 준비도 되지 않았기에, 그러니까 우리가 누리던 시간과 재화를 아기에게 나눠주겠다는 각오가 서지 않았기에, 당혹스러움이 기쁨을 조금 밀어냈다. 그랬던 것 같다.

돈을 더 벌어야겠다.

작은 흑백사진을 보며 네가 말했다.

충분히 있어.

내가 말했다.

충분한 돈이란 지구상에 존재하지 않아.

네가 다시 말했다. 네게 지구란 낱말은 그럴 때 사용하는 기표였다. 그때마다 너는 지구상의 상위 몇 퍼센트에 해당하는지 가늠하는 것 같았지. 나라고 달랐을까? 나도 그랬다. 너만큼 매사를 치밀하게 계산하지는 않았지만 너의 지향이 동시에 나의 지향이었다. 하지만 지향이란 언제고 방향을 틀 수도 있지. 지금 그 이야기를 하고 있다.

집 말이다. 그래 나의 집. 나의 집이 물건들에 점령당했다는 말까지 했나? 그때와는 다른 물건들이 내 집을 점령했다. 나는 버려진 물건들 사이에 몸을 누인다. 이것들을 어떻게 해야 할지 알 수 없어 미칠 것만 같다. 미쳤나 봐. 누군가 나를 두고 그렇게 말했다. 나는 이미 미친 걸까? 아니다. 이렇게 말하면 안 된다. 고통받는 이들을 미쳤다는 말로 혐오하고 배척하면 안 된다. 적어도 나만은 나를 그렇게 표현하지 않겠다. 사람들이 이미 나를 혐오하고 배척하는 마당에. 나의 무엇이 전염되기라도 할까 봐 눈도 마주치지 않는 마당에. 그러라지. 아무 상관 없다. 나는 견딜 수 있다. 그러나 그들이 옳지 않음을 안다. 아닌가? 나는 정말 정신을 잃고 있는 걸까? 사람들의 태도가 옳은 것인가?

은행 잔고가 얼마나 남았는지 모르겠다. 나는 더 이상 무언가 만들어내지 않으므로 수입이 없다. 재화든 용역이든 생산하지 않는다. 나의 수입을 위해 훨씬 더 치명적인 무언가를 치러야 하는 것을 참을 수 없다. 무엇인가 만들어내고 어떤 형태로든 에너지를 사용하고. 그런 짓을 하고 싶지 않다. 나는 돈을 거의 쓰지 않고 몸을 최소한으로만 쓰는데도 생존 비용을 치러야 한다. 전기를 거의 쓰지 않는데도 전기 요금은 징수되고 소량이지만 물을 쓰고 있어서 수도 요금을 납부해야 한다. 가스도 마찬가지다. 이런 상태라면, 내가 아니라 지구가 이런 상태라면 조만간 전기도, 수도도, 가스도 모조리 끊어질 것이다. 그때에 대비해야 한다. 현관에 놓인 생존 배낭을 본다면, 그럴 일은 없겠지만, 너는 하, 하고 코웃음을 치겠지. 그러나 그 일에 대해서는 지금 말하지 않는다. 지금은 하던 이야기를 해야 한다. 내 집에 쌓인 물건들 이야기를 하고 나면 다른 이야기를 해보려 한다.

내 집에 물건이 쌓이기 시작한 이유는 단순하다. 버릴 수가 없어서였다. 버릴 수 없는 이유는 그러나 단순하지 않다. 우선 말해두자면 아까워서 버리지 못하는 물건은 없다. 물건들은 아깝지 않다. 내가 사용할 계획이 있는 것도 아니다. 꼭 필요하지도 않다. 옷을 버릴 수 없는 이유를 말해볼까? 내게 필요한 옷은 이제 계절마다 적당히 몸을 가리고 드러내는 용도로 최소한의 수량만 있으면 된다. 세탁해서 말리는 동안 벗고 있을 수는 없으니까. 내 피부를 목격하는 일은 내게도 쉬운 일이 아니다. 전과 달라진 피부는 번번이 나를 놀라게 한다. 언제까지나 익숙해지지 않을지도 모른다. 세탁도 예전만큼 자주 하지 않는다. 보통의 수준에 현저히 못 미치는 정도로, 최소한의 최소한만. 필요 이상의 세탁을 하느라 물과 세제를 사용하고, 맑은 물을 더럽히던 습관은 벗은 지 오래다.

옷이 너무 많네.

드레스 룸에서 너는 그렇게 말했다. 커다란 드레스 룸을 꽉 채운 옷들 사이에서, 제대로 정리조차 하기 어려운 옷 무더기들 사이에서, 무슨 옷이 있는지도 알 수 없을 정도로 빼곡하게 들어찬 옷들 사이에서 네가 말했다.

그래도 입을 옷은 없다.

내가 말했다. 그것은 사실이었다. 어제와 다른 옷, 그저께와 다른 옷, 그끄저께와 다른 옷을 입어야 했던 내가 그렇게 말했다. 기억이 나를 방해한다. 나는 지금의 나를 말하고 싶은데 기억이 끊임없이 그것을 만류한다. 왜, 그러면 안 된다는 무의식이 의식하는 나를 붙잡는 건가. 너라는 기억은 대체 언제까지.

어쨌거나 계속해보겠다. 우연이었다. 검색한 것이 아니다. 우연히 그 영상을 보았다. 보았으나 끝까지 보지 못했다. 길지 않았지만 끝까지 볼 수 없었다. 옷의 산에 위태롭게 선 염소였나, 소였나, 이젠 그것도 확실치 않다. 중요하지 않다. 중요한 것은 옷자락을 질겅거리며 삼키는 소였나, 염소였나, 그것들의 우물거리는 주둥이와 제대로 씹지 못했을 섬유 조각이 넘어가느라 꿀렁거리는 목줄기였다. 침대에서 그 영상을 보다가 시트와 이불에 토했다. 화장실로 달려가 바닥에 토했다. 드레스 룸에 들어설 때마다 토했다. 내가 섭취한 모든 음식물을 게워내고 쓰디쓴 액체가 올라올 때까지 토하곤 했다. 토한 자국 같은 발진이 피부 여기저기에 돋아났다. 내가 이렇게 된 게 꼭 그 일 때문이라 할 수는 없지만 아니라고 할 필요도 없다. 뭐든 바꾸려면 그 원인과 필요가 언제나 편을 지어 우르르 몰려오게 마련이다.

지금 내 집에 봉분처럼 쌓인 옷들을 봐도 나는 토하지 않는다. 그 옷더미는 내가 구해낸 것들이거든. 멀쩡한 옷들.

입히지 않는 옷들. 충분히 쓸모 있으나 선택되지 않는 옷들. 함부로 생산되고 함부로 유통되어 주인을 만났으나 곧 외면당하고 쓰레기통에, 의류 수거함에 내처진 옷들. 저것들이 돌고 돌아 염소인가, 소인가의 목구멍으로 넘어간다. 그것을 상상하면 나는 아무 데서나 또 구역질이 난다. 저 옷들을 어디론가 치워버리고 싶다. 그러나 어디로? 어디로 치우면 돌고 돌아 다른 생명체의 위장으로 들어가지 않고, 소각되어 유독 가스를 내뿜지 않고, 매립되어 오랫동안 땅의 생명을 갉아 먹지도 않고 감쪽같이 사라질 수 있나?

산에서 보았던 아이에게 줄 적당한 옷을 찾으려고 옷더미의 바닥까지 헤집었다. 옷 먼지가 풀썩거리며 피어나 금세 목이 따가워졌다. 햇살이 비쳤다면 춤추듯 반짝이며 부유하는 먼지 알갱이들이 육안으로 보였을 것이다. 그런 광경은 이제 사라졌다. 투명한 햇살이 어떤 것인지 그 아이는 아마 모를 것이다. 본 적이 없을 테니까. 대기는 원래부터 음습하고 부연 줄 알 테니까. 목덜미와 팔 안쪽의 피부가 다시 따끔거리기 시작한다. 참느라고 참아도 어느새 긁게 될 것이다. 괜찮다. 그 정도는 별것 아니다. 아이에게 어울릴 만한 예쁜 가방과 튼튼한 운동화를 찾아내려고 나는 다른 방으로 들어간다. 거기에는 가방과 신발이 쌓여 있다. 꽤 큰 무덤 같다. 후손들이 돌보지 않아 허물어져가는 봉분처럼 생겼다. 균형미를 잃은 무덤에는 배낭이, 토트백이, 캐리어가, 등산화가, 하이힐이, 니하이부츠가, 바닥에 껌이 붙어 있는 스케쳐스가 아무 규칙 없이 엉키어 있다. 아이의 몸에 맞는 크기를 나는 잘 가늠하지 못하겠다. 아이를 키워보지 않은 인간은 아무래도 그런 식의 섬세한 감각을 갖기 어렵다.

우리에게 와준 아이를 우리는 놓치고 말았다. 그때 네가 울었는지 내가 울었는지 둘이 같이 울었는지 혹은 아무도 울지 않았는지 기억나지 않는다. 그때의 감정이 어땠는지 기억하고 싶지 않다. 그 일을 떠올리면 음식의 기억에 묻어오는 냄새처럼 잘 알겠다가도 신뢰할 수 없는 심정이 되고 만다.

괜찮아.

너의 말을 나는 의심했다. 의심이 되었다. 어떻게 괜찮을 수 있지? 나는 안 괜찮은데? 괜찮다는 말이 너의 상태였는지 방어의 언설이었는지 판단하지 못해 혼란스러웠다. 너는 몇 번이고 괜찮다고 말했고 그 몇 번을 채운 후 다시는 그 일을 언급하지 않았다. 그 몇 번의 사이와 사이에 너는 말했다.

우리의 삶을 충실히 살자.

네가 상정한 우리의 삶은 그러나 너의 삶으로 해석되었다. 내가 잠시 꿈꾸었던 우리의 삶에는 아이가 포함되었던가? 나는 잘 모르겠다. 이 더러운, 타락한, 황폐한, 불가역적인 세계를 아이에게 물려줘도 된다고 내가 정말, 어떻게, 그런 생각을. 하긴 했나?

언제부터였는지 잘 기억나지 않는다. 나는, 네가 없는 날들의 나는 나를 해치고 싶었다. 너와 함께 '출세하고 싶'어서 안달이 나 있던 나를 혐오하면서, 더는 그렇게 살 수 없게 된 나를 동시에 증오하면서, 아무것도 아닌 내가 되고 싶었다. 아무것도 아닌 것이 되면, 이 말은 아무래도 모순이지만, 그런 마음조차 아무것도 아니게 될 테니까.

닫힌 방문 안쪽에서 부스럭거리는 소리가 난다. 이것은 환청일까? 문을 제대로 열 수 없을 지경으로 무언가 들어차 있는 방이다. 폐비닐과 플라스틱 제품들. 비닐을 납작하고 작게 접어 수십 개를 다른 비닐봉지에 눌러 담고 그런 식으로 꽉 채워진 수십, 수백 개의 봉지들을 무질서하게 쌓아두었다. 생각나니? 비닐 대란이 벌어졌을 때 사람들이 말했다.

돈을 주라고. 그럼 가져갈 거 아냐.

우리의 쓰레기장이었던 이웃 나라에서 반입을 금지했다는 뉴스 뒤에 비닐은 돈이 안 되기 때문에 안 가져간다는, 의류나 종이에 끼워 팔기 때문에 그동안은 어쩔 수 없이 수거해 갔다는 설명이 뒤따랐다. 괴담 같기도 했고 디스토피아 영화의 대사 같기도 했다. 아파트의 재활용품 수거장에 비닐이 쌓이고, 쌓인 비닐이 봄바람에 날렸다. 주민들은 비닐 배출을 금지당했다. 베란다에 비닐이 쌓였다. 며칠 사이 그토록 많은 비닐이 배출된다는 사실이 놀라웠다. 주민 중 누군가 새벽에 몰래 비닐을 내놓았다. 한둘이 아니었다. 울타리를 쳐놓은 수거장에 경고문이 붙었다. 경고문은 공동 현관과 엘리베이터 내부에도 붙었다. 관리 사무소에서 CCTV를 돌려보겠다고, 책임을 물리겠다고 엄포를 놓았다. 주민들은 가소롭게 여겼다. 그들이 부담하는 관리비가 직원들의 월급이 되었으니까. 주민들은 인내와 불편에 익숙하지 않았으나 어느 쪽이 권력인지 능숙하게 파악했다. 오물이 묻은 비닐이 쌓이고 악취가 더해갔다. 수거장뿐 아니라 우리 집 베란다에도. 어느 아침, 말끔해진 베란다를 발견했을 때 너는 의기양양하게 웃었다. 종량제 봉투에 버리면 되는 거였다고, 마냥 기다리는 건 미련한 짓이라고 말하면서.

간단하지. 돈을 쓰면 되는 일이라니까.

봉투 한 장에 얼마나 한다고 그걸 안 하냐고 너는 비웃었다. 그런 문제가 아니라고 나는 반박하려 했다. 하려 했으나 못하고 말았다. 스펀지 벽을 상대로 공을 던지는 일이었다. 그즈음

나는 자주 비웃음의 대상에 포함되었다. 효율과 속도가 우리를 훼손한다고 말했기 때문이다. 그럴 거면 죽는 수밖에 없다고 너는 나를 조롱했고, 화가 난 나는—지금도 화가 난다—그것들이 우리의 아이를 훼손했다고 말했다. 그 말은 네게 책임을 들씌우는 폭력이라고 분노하던 너. 그 일이 비닐 대란 이전이었나, 이후였나? 이제 와서 순서 따위.

결국 다 해결되게 되어 있어.
뭐가?
뭐든.
어떻게?

그걸 정말 몰라서 묻느냐는 듯 나를 보던 눈빛이 금세 바뀌었다. 마치 파손된 휴대폰 액정 같았다. 무수한 금들로 화면이 빛을 잃듯 네 눈동자 안에서 나는 박살 났다. 너는 그것을 해결이라고 불렀다. 눈에 안 보이면 해결인가? 그래서 너는 스스로 해결되었나? 너로부터 나를 해결해버렸나?

저 방에서 나는 이상한 소리를 나는 어떻게 해결해야 하나? 저것은 비닐끼리 밀어내고 미끄러져 나는 소리인가? 허술한 빌라의 일층은 어디론가 벌레가, 혹은 쥐가, 혹은 고양이가 침입할 수도 있겠지. 다행인 점은 아이의 옷과 신발, 가방은 그 방에 들어가지 않고 찾을 수 있다는 것이다. 아이의 몸에 맞을 만한 티셔츠와 윗도리와 바지를 찾는다. 가급적 깨끗한 것으로 고른다. 마음이 급해져서 이것들을 세탁할 여유가 없다. 그리고 신발. 제대로 된 한 켤레를 골라내는 데 나는 인내심을 발휘해야 한다. 애당초 이 물건들은 재사용하기 위해 주워온 것이 아니기 때문이다. 그랬다면 짝을 맞추어 보관했을 것이다. 보관이라니. 물건을 맡아서 관리하는 일이 보관이다. 쓰임을 전제로 한다는 의미. 내 집의 물건들은 쓰이지 않아서 버려진 것들인데. 아무 데도 쓰이지 않을 거여서 막무가내로 쌓여 있는데.

아이가 이것들을 받지 않을까 봐 염려된다. 어쩌면 다가갈 기회가 없을 수도 있다. 아이는 사람들과 접촉하지 않는 것 같다. 산에서 사람들은 서로 접촉하지 않는다. 보아도 못 본 척할 따름이다. 의식하지 않는 것은 아니다. 거리를 의식한다. 가까워지지 않도록 조심하는 동작이 내 눈에는 보인다. 그들은 각자의 가방에 무언가를 가끔 집어넣으면서 산을 살핀다. 무엇을 주워 드는지는 잘 보이지 않는다. 나도 종종 커다란 자루 같은 가방을 어깨에 걸고 산을 돌아다닌다. 쓸 만한 것들을 가려내는 게 아니라 쉽사리 썩지 않는 물건을 골라낸다. 사실 골라낼 필요도 없다. 대부분 썩지 않는 것들이다. 가방은 금세 가득 차 버리고 나는 그것들을 가져와서 쌓아둔다. 다른 사람들은 아마도 돈이 될 만한 것들을 구하러 올 것이다. 아이도 그런 걸까?

며칠 동안 아이를 보지 못했다. 아이는 이제 영영 오지 않을
지도 모른다. 아니면 나와 시간이 엇갈렸을 수도 있다. 나는 점
점 더 자주 산으로 갔다. 어느 날은 주변을 빙빙 돌면서 한나절
을 보내고 잠시 돌아왔다가 다시 가서 한나절을 더 보냈다. 무
엇 때문에 아이가 마음에 걸리는 걸까? 아이는 내게 아무도 아
니고 나 또한 아이에게 아무도 아닌데. 왜 이다지도 아이에게
붙들려 있을까?

집요하다.

내게 너는 그렇게 말했다. 내가 일할 때보다 훨씬 집요해졌
다고. 그것은 분명 비난이었다. 우리는 생활을 꾸릴 경제적 여
유가 충분했으나 내가 모든 사회 활동을 그만둔 후 너는 점점
더 자주 나를 비난했다. 내가 너의 피부양인이 되었다고 표현
했다. 나를 부담스러워했고 어딘가 망가진 기계처럼 취급했다.
하지만 기계는 너였지. 너는 기계처럼 정해진 매뉴얼대로만 사
고하고 행동하는 사람이었다.

그만둬도 내가 그만둬야 하는 거 아니니?

너는 그럴 생각이 전혀 없으면서 오직 나를 공격하기 위해

그렇게 말했다. 너는 네 몸에 품었던 아이를 잊었고, 나는 잊으려 했다. 잊으려 해도 잊히지 않았다. 왜 그런 일이 생겼을까 곱씹어보면 시간이 지날수록 더 억울했고 분했고 안타까웠다. 그런 내가 너무 당황스러웠다. 당황에 대해 말하자면 너도 마찬가지였다. 너는 그런 나를 당황스러워했다. 감정에 휘말리는 나를 못 견뎌 했다. 내가 만드는 친환경 세제나 연료를 사용하지 않고 차린 음식 같은 것들을 하찮게 여겼다. 아무렇지 않게 버렸다. 내가 장바구니로 들고 다니던 천 가방으로 네 구두의 먼지를 닦았다. 오직 나를 상처 내기 위해. 나는 네가 자주 무서웠다.

아이에게 먹을 것을 좀 가져다줄지 고민하고 있다. 내가 먹는 것들을 아이도 먹을까? 견과류와 곡물 가루와 낙과 같은 것들을 건네면 받아서 먹을까? 미친 아저씨가 이상한 걸 준다고 피하려 할까? 산의 주변과 집 주변에서 마주치는 사람들은 멀리서부터 나를 피한다. 나는 그것을 알 수 있다. 아닌 척하지만 그들은 나를 더럽고 무섭고 이상한 놈이라고 규정지었다. 나는 아무에게도 피해를 주지 않는데 말이다. 피부가 발진으로 뒤덮인 내가 때에 절고 해진 옷을 입는다고, 짝이 맞지 않는 신을 신는다고, 밤에 불을 켜지 않는 어두운 집에서 무슨 짓을 하는지 모를 놈이라고, 집 안에 쓰레기 산을 방치하고 산다고, 그들은 나를 인간 아닌 존재로 취급하고 있는 걸까? 아이도 그럴까?

아이를 집으로 데려오는 건 어떨까? 물론 아이가 누울 공간을 확보해야겠지. 아이가 있다면 최소한의 난방도 해야 할 것이고, 따뜻한 음식을 준비해야 할지도 모르겠다. 아이가 제대로 성장하게 하려면 붉은 고기 대신 두부를 먹이면 될 것이다. 아니, 아니다. 아이에게는 부모가 있을 수도 있고 형제나 자매가 있을 수도 있다. 나는 공연한 망상에 사로잡혀 있다. 이상하다. 잠시 헛된 상상을 하는 동안 마음이 따뜻하게 데워지는 듯하다가 가슴 안쪽이 창에 꿰뚫리듯 아팠다.

내 책임은 내 몸 하나일 뿐이다.

그것이 너의 선언이었다. 네 몸 하나만. 네 몸 바깥의 어떤 것에도 너는 책임이 없다고 말했다. 네가 소유하는 모든 재화에 대해, 제공받는 모든 서비스에 대해 너는 화폐를 치렀으므로 더는 책임이 없다고 단언했다. 나는, 과연, 아이를, 책임지려는 것일까?

아이를 데려왔다. 다른 방법이 없었다. 아이를 만나고 싶어 습관처럼 산 주변을 맴돌던 중이었다. 하나둘 보이던 사람들이 어둠과 자리를 바꾸어 산에는 아무도 남아 있지 않았다. 이제 곧 캄캄해질 터였다. 아이의 숨소리를 들었다. 숨소리라기보다 신음에 가까운 소리가 바로 근처에서 들렸다. 그 아이임을 직감했다. 그렇게 연약하고 미숙한 소리를 낼 만한 다른 사람은 그곳에서 보지 못했다. 망설일 겨를이 없었다. 아이를 들쳐 업었다. 아이는 축 늘어졌다. 한쪽 발이 내 허벅지 옆에서 달랑거렸다. 아이가 끌고 다니던 가방이 떠오른 건 집에 거의 도착해서였다. 나중에 찾으러 갈 생각이었다. 찾게 된다면 아이에게 줄 생각이었다. 하지만 못 찾게 되기를, 그래서 내가 준비한 가방을 아이가 받아주기를, 달랑거리는 아이의 발이 흔들리지 않도록 조심스럽게 잡은 채 그것만을 바랐다.

전화기는 방전된 상태였다. 가까스로 충전기를 찾아냈을 때는 아이의 찡그린 표정이 풀어져 있었다. 눈앞의 아이를 살피면서도 아이가 기절했는지 잠들었는지 나는 도무지 모르는 사람. 충전이 시작되고 잠시 후 전화기를 켤 수 있었다. 구급차를 불러야겠지. 아이의 발목은 바깥쪽으로 완전히 돌아가 있었다. 그뿐이라면 큰일은 아닐 수도 있다. 적절한 치료를 받게 하면 된다. 그러나 아이의 상태는 마음을 놓을 수 없었다. 그 또래의 아이와 그만큼 밀착해본 적이 없는 나로서도 짐작할 수 있었다. 호흡은 미약했고, 몸은 식어 있었으니까.

세 개의 번호를 눌렀다. 바로 기계음이 흘러나왔다. 개인은 1번, 단체는 2번, 사람이 아니면 끊어주세요. 별생각 없이 재빨리 1번을 눌렀다. 본인은 1번, 대리인은 2번을 눌러주세요. 2번을 눌렀다. 가족은 1번, 지인은 2번을 눌러주세요. 멈칫했다. 지인이라고 할 수 있나? 이 아이를 나는 전혀 모르는데? 이 아이는 나라는 존재 자체를 모를 텐데? 길게 고민할 시간이 없었다. 2번을 눌렀다. 가능한 다른 선택지는 없었다. 친구는 1번, 동료는 2번, 이웃은 3번, 기타는 4번을 눌러주세요. 아이와 나는 같은 산에서 만났으므로 이웃인가, 아닌가? 내가 아이를 모르고 아이가 나를 몰라도 우리는 이웃이 될 수 있나? 나는 전 단계보다 조금 더 망설였다. 침착해야 한다. 신중하게 결정하고 실수 없이 행동해야 한다. 기타를 누르면 단계가 더 늘어날 것 같아 3번을 눌렀다. 귀하의 주민등록번호 13자리와 우물 정자를 눌러주세요. 눌렀다. 무언가 잘못되어가고 있다는 서늘한 느낌이 들었으나 따르지 않을 수 없었다. 귀하의 핸드폰 통신사를 선택하세요. 1번…… 2번…… 3번…… 헷갈리기 시작했다. 언젠가 번호 이동을 했는데 그건 아주 오래전이었다. 1번 통신사에서 2번 통신사로였는지 2번에서 1번으로였는지 헷갈렸다.

그런데 구급차를 이런 식으로 부르는 것이 맞나? 이렇게 복잡한 절차를 거쳐야 하는 거였나? 혹시 엉뚱한 곳으로 전화를 건 걸까? 내가 누른 숫자들을 확인했다. 잘못된 건 없었다. 분명히 응급 전화번호를 눌렀다. 그런 건 좀처럼 혼동하지 않는다. 1번을 누르고 귀를 기울였다. 핸드폰 번호 11자리와 우물 정자를 눌러주세요. 내가 선택한 통신사가 맞기는 맞나? 이 단계에서는 확인이 안 되는 건가? 알 길이 없었다. 내 번호가 얼른 기억나지 않았다. 핸드폰을 사용한 지도 오래, 내 번호를 누군가에게 알려주거나 어딘가에 입력한 지도 오래였다.

더듬거리며 11개를 눌렀다. 선결제가 되지 않은 번호입니다. 레스큐 페이 신청은 우물 정자를 눌러주시고 처음으로 돌아가려면 별표를 눌러주세요. 레스큐 페이? 생소했다. 다시 모든 과정이 의심스러워졌다. 구급차를 부르는 게 언제부터 이렇게 복잡해졌나? 이것이 옳은 일인가? 내가 무언가 잘못한 걸까? 처음에 눌렀던 번호를 한 번 더 확인하려 했으나 이제 숫자가 너무 많아져 앞부분은 보이지 않았다. 조바심이 증폭되고 인내는 바닥을 드러내고 있었다. 따끔거리는 얼굴을 긁으며 우물 정자를 누르자 흘러나오는 기계음. 개인은 1번, 법인은 2번, 사람이 아니면 끊어……

나는 대양에서 침몰하는 조난자의 심정으로 아이를 살핀다. 아이는 내가 항상 웅크리던 자리에 다리를 뻗고 누워 있다. 잠들었는지 기절했는지 여전히 알 수 없다.

입력 시간이 초과되었습니다.

전화기가 잠잠해지자 옆방에서 부스럭거리는 소리가 났다.

밥 한번
먹어요

밥 한번
먹어요

한정을 내려주고 돌아오는 길에 내가 일흔 살쯤 먹었다면 얼마나 좋을까 생각했다. 겨우 쉰을 넘긴 나이에 갑자기 그런 생각을 하게 될 줄 몰랐다. 일흔이면 큰형보다는 늙었고 삼촌보다는 좀 젊었겠다. 생각만으로도 누구한테 들킬까 겸연쩍었지만 이유는 단순했다. 언젠가 한정에게 내 마음을 털어놓는다면, 그리고 한정의 마음도 나와 같다면, 자연스럽게 섹스를 하게 되지 않을까 하는 기대 때문이었다. 그건 당연한 일이다. 그런데 잘되지 않을 것 같아서 불안했다. 한정과 나와의 관계가 잘 풀리지 않을 것을 걱정한 게 아니라 한정과의 섹스가 나 때문에 제대로 되지 않을까 봐 너무 걱정이 됐다. 그런 일은 주로 남자 쪽의 문제니까. 내가 알기로 여자는 별문제가 없다고들 했다.

한정의 집은 내 집과는 거리가 좀 있는 편이다. 차로 가면 이십 분 정도. 여기선 그 정도면 가깝다고 할 수 없다. 한정의 집은 작은 오피스텔이고 내 집은 주택이다. 바다가 보이는 전원 주택. 나는 한정을 좁고 낡은 오피스텔에서 이 집으로 데려오고 싶다. 오피스텔 안에는 들어가보지 못했다. 외관만 보아도 낡은 곳이었고, 그다지 관리가 잘되는 것 같지 않았다. 보안 문제도 있어 보였다. 그 집에 비해 내 집은 나 혼자 살기에 너무 휑하다. 여기에 한정만 들어와준다면 휑한 느낌이 사라지고 넓고 아늑한 공간이 될 텐데. 우리는 날마다 맛있는 음식을 해서 먹고 차를 마시고 정원을 돌볼 수도 있을 것이다. 이젠 그런 생활도 해보고 싶다. 그러고 싶어서 이 집에 왔다. 지금처럼 외롭게 지내려고 온 건 아니었다. 나의 복잡하고 간절한 마음을 알 리 없는 한정은 아무렇지 않게 건물 안으로 들어갔다. 나는 한정의 뒷모습이 사라지고도 한참 지난 다음에야 차를 돌렸다.

북 카페 로시난테에서 한정을 처음 보았다. 나는 책을 즐겨 읽는 편이 아니다. 북 카페 분위기를 좋아한다. 큰 소리로 떠드는 사람이 없어 마음에 든다. 가끔 가서 멍때리고 있으면 시간이 잘 갔다. 내 나이에 벌써 시간을 걱정한다고 말하려면 눈치가 보이지만 사실이 그렇다. 내게는 하루가 무척 길다. 아침에는 일찍 눈이 떠지고, 일어나서 해야 할 일이 딱히 없다. 가끔은 내가 왜 이곳에 와서 이러고 있나 하는 생각이 들지만 서울로 돌아갈 마음은 들지 않는다. 서울에선 즐거운 일이 별로 없었다. 운이 좋아 돈은 좀 벌었어도 상응하는 대가를 치렀다. 잠을 제대로 못 잘 정도로 긴장이 됐고 초조했으며 남들 다 하는 결혼도 못했다. 안 한 게 아니라 못한 거다. 때도 여자도 놓치고 말았다. 다시 누군가를 만나면 어리석게 굴지 않겠다고 이곳에 와서 가끔 마음을 다졌다. 마음의 준비는 되어 있었는데 정작 대상은 한 번도 나타나지 않았다. 좋은 지갑을 샀더니 그 안에 넣을 돈이 없는 격이랄까. 그러다 한정이 눈에 들어온 거였다.

이곳 북 카페에 드나드는 사람들 중에는 현지인보다 관광객들이 더 많고 그보다 최근 정착한 사람들이 더 많다. 기회만 닿으면 외지에서 왔다는 말을 하니 당연히 알게 되지만 어딘지 모르게 현지인과는 다른 기운이 감돌기도 했다. 그런 사람을 만나게 되면 나도 그런가, 점검하게 된다. 꼭 그런 것 같지는 않은데 사람들은 척 알아봤다. 말하는 걸 듣지 않고도 그랬다. 그런 식으로 몇 년 살고 나니 내게도 어느 정도 눈이 생겼다. 그래서 한정이 이곳 사람이 아닌 걸 대번 알아차렸다.

한정은 단발에 가까운 커트 머리였는데 끝이 뒤집혀 삐쳐 나온 모양이 말괄량이 소녀 같았다. 얼굴은 하얗다 못해 창백한 편에 가까웠다. 키는 작은 편이었고 몸집은 깡말랐다. 평범하다면 평범한 외모였다.

얼마나 됐어요?

한정이 커피를 내리는 직원에게 물었다.

얼마 안 됐어요. 그래도 커피는 맛있게 내려드릴게요.

서글서글한 인상의 청년이 웃으며 대답했다. 한정이 소리 내어 웃었다. 한정의 목소리는 가늘었고 높았다. 그리고 스스럼이 없었다. 나는 한정이 카운터로 다가갈 때부터 슬쩍슬쩍 훔쳐보던 중이었다. 왜 그랬는지 모르겠다. 자꾸 눈이 갔고 귀가 곤두섰다.

아니, 이 북 카페 말이에요.

한정이 한 번 더 웃었다. 청년이 드리퍼에서 눈을 떼지 않고 입술로 웃었다. 가느다란 물줄기가 커피 알갱이 위로 둥근 원을 그리며 떨어졌다. 실내에 가득한 커피 향이 조금 더 짙어진 듯했다. 청년은 대답 없이 커피 한 잔을 마련해서 한정에게 건넨 다음에야 입을 뗐다.

아마 일 년에서 이 년 사이요? 대충 그 정도 되는 거 같아요. 그전엔 비어 있었어요.

주인은 따로 있나 봐요?

그럼요. 저야 알바생인데요.

청년이 그렇게 말하고 활짝 웃었다. 풋풋한 웃음이었다. 서른이 넘었을까. 말할 때마다 웃음이 저절로 딸려 나오는 표정이 보기 좋았다. 그 나이의 나는 그렇게 웃지 않았다. 영업을 위해 굽실거리느라 보인 가짜 웃음에는 청년다운 산뜻함이 들어서지 못했다.

로시난테가 언제 생겼는지는 내가 더 잘 알았다. 정확하게 재작년 9월 17일에 문을 열었다. 추석이 지나고 토요일이었다. 그날이 내 생일이라 그 전날 유럽에서 돌아왔기 때문에 정확하게 기억한다. 굳이 그럴 이유가 없었는데. 생일이라 해봐야 특별히 만날 사람이 있는 것도 아니었다. 더구나 평소에 내 생일이건 남의 생일이건 꼬박꼬박 챙기지도 않았고. 심야에 집에 도착해서 거의 뜬눈으로 밤을 보냈다. 아침 녘에 잠깐 잠들었다 깨고 나니 오후가 되자 잠이 쏟아졌다. 경험상 그때가 중요했다. 그 시간을 참고 넘겨야 시차가 좀 수월하게 해결이 되곤 했다. 그저 바쁘게 살던 시절에 생긴 습관이었을 뿐, 다급하게 시차를 극복해야 할 이유가 있는 것도 아니면서 미련하게 버텼다. 혹시 한정을 만나게 될 계시였을까.

잠을 쫓을 겸해서 바다나 보러 갈까 했는데 결국 바다는 안 보이는 카페에 주저앉아 커피를 두 잔 거푸 마셨다. 그날 문을 열었다는 주인이 커피 맛 좀 봐달라고 종류가 다른 커피를 한 잔 더 내주는 바람에 그렇게 되었다. 어차피 잠 쫓으려고 나선

길이라 또 마신 거다. 커피 맛은 그저 그랬다. 하나는 산미가 너무 강했고, 다른 하나는 강배전인지 탄내가 심했다. 한 잔 값만 내라는 주인에게 기어이 두 잔 값을 치렀다. 개업 첫날이라고 하니 전혀 모르는 사이지만 응원하는 마음이 들었다. 주인은 역시 서울에서 내려온 사람이었다. 어지간히 수다스러운 내 또래의 그는 첫사랑이 이곳 태생이었다고 너스레를 떨었다. 십중팔구 낭만으로 먹히길 기대하고 꾸며낸 말이었을 것이다. 그런 사람을 많이 봤다. 천연덕스럽게 거짓말을 늘어놓는 사람. 어쨌든 악의는 없는 말이고 어쩌면 참말일 수도 있는데 무턱대고 의심하기도 뭣해서 그러시냐고 순하게 받았다.

한정은 커피잔을 들고 창가의 탁자에 앉았다. 탁자는 창을 따라 길게 설치되어 주로 혼자 오는 사람들이 앉는 자리였다. 나는 어딜 가든 그 자리가 통 익숙해지지 않는 사람이라 구석진 곳의 2인용 테이블에 앉아 2인분의 커피나 음료를 마시고 일어나곤 했다. 아무도 뭐라고 하지 않았지만 자릿값을 하고 싶었다. 한정이 앉아 있는 자리는 내 자리에서 바로 보였다. 한정의 옆모습을 자연스럽게 볼 수 있어서 다행이었으나 너무 집중해서 본 건 문제였다. 한정이 갑자기 고개를 휙 돌려 나를 쳐다보는 순간 막 입에 대려던 커피잔을 놓칠 뻔했다. 커피가 가슴팍에 주르르 흘렀다. 한정은 동그란 눈을 더 동그랗게 뜨더니 곧 깔깔거리고 웃었다. 말끔하게 다려 입은 리넨 셔츠에 아프리카 모양의 갈색 얼룩이 졌다.

마르고 나면 안 질 거예요. 바로 빨아야 하는데.

한정이 두리번거리며 말했다. 화장실을 찾는 듯했다. 훔쳐보다 들킨 게 민망해서 핑계 김에 화장실로 도망쳤다. 셔츠를 입은 채 비누 거품을 묻혀 대충 빨고 나니 한정의 말대로 얼룩이 어느 정도 가셨다.

다 젖어버렸네.

한정이 또 깔깔대며 손수건을 내밀었다. 평범한 꽃무늬 손수건이었다. 한정은 평범한 외모만큼 옷차림도 평범한 축이었다. 그래도 낯선 남자한테 선뜻 손수건을 내준다거나 깔깔대며 거침없이 웃는 소리 같은 건 평범하지 않았다. 그러니까 종합하면 딱 내 취향이었다. 쉰도 넘은 나이에 결혼 한번 못해본 내게도 취향은 있다. 항목별로 요약 정리할 정도는 아니고 핵심만 말하자면 평범한 가운데 한두 가지 정도 좀 튀는 면이 있으면 거기에 쏠리는 편. 진지하게 만났던 여자들은 대체로 그런 편이었다. 외모가 출중하거나 스펙이 너무 뛰어나면 내 쪽에서 마음이 동하지 않았다. 어차피 안 될 거, 하는 마음이었다. 부담스럽기도 했고. 무난한 상대가 좋다 싶었는데 그렇다고 너무 무난하기만 하면 매력이 없었다. 그런데 지나고 나서 보면 그런 사람은 없겠다는 생각도 들었다. 매력을 발견할 정도로 충분히 만나지 않았으니까 알 수 없는 일이다. 세상에 아무 매력도 없는 사람이 있으려고. 한정은 자기 자리에 앉았다가 손수건을 쥐고 있는 나를 보고 웃더니 커피를 들고 내 쪽으로 옮겨왔다.

한정은 뚜렷이 하는 일이 없다고 했다. 전에는 이런저런 일들을 했는데 지금은 일년살이를 하러 이곳에 와 있다고. 너무 좋으면 눌러살 수도 있어요. 한정은 그렇게 말하고 또 깔깔 웃었다. 그렇게 웃을 때는 어금니 안쪽까지 훤히 보였다. 오른쪽 위 저 안쪽에 금니가 반짝였다. 순금 같은 사람이구나. 그런 생각을 하곤 따라 웃었다.

청소년기에 금방에서 일한 형이 있었다. 정확하게는 세공하는 공장이었다. 어릴 때 부모를 잃고 고아원에 맡겨졌다가 이런 취급을 당하느니 내 힘으로 벌어먹고 살겠다고 뛰쳐나와 안 해본 일이 없었다고 했다. 그 형 말이 그랬다. 순금을 자꾸 보다 보면 홀려. 다이아몬드나 루비 같은 것도 많이 만져봤지만 금은 달라. 그건 말로 설명할 수 있는 게 아니야. 금가락지 같은 거 말고. 그냥 금. 어떤 형태로 고정되기 전의 순금 그대로. 그런 여자가 생기면 꼭 잡아야 돼. 형은 그렇게 말하고 내 정수리를 쓰다듬었다. 형, 나 모레 군대 가요. 형이 내 머리에서 손을 거두며 말했다. 짜식, 유효기간 없어. 잊어버리지만 마.

그 형을 이십 년쯤 후에 만났다. 형은 순금 같은 여자 만났어요? 내가 묻자 형이 멀뚱한 눈으로 대답했다. 순영인데? 애들 엄마. 형은 왜 기억을 못하느냐고, 왜 기억도 못할 말을 해서 나를 결혼도 못하게 만들었냐고 따졌더니 형이 그랬다. 인마, 내가 그때 스물넷이었다. 뭘 알았겠어. 그러고 나서 오 년쯤 더 후에 만났을 때는 묻지도 않았는데 형이 말했다. 순영이는 순금이 아니었어. 18K도 14K도 아니고 멕기였나 봐.

한정은 멕기가 아닐 것이다. 14K도 18K도 아니고 찬란한 순금이 분명했다. 그 형이 원래 여자 보는 눈이 좀 없었다. 자기 말로 그랬다. 자기는 인생 자체가 도금한 거라고. 멀쩡해 보여도 평생 고생만 해서 속은 아무것도 아니라고. 형이 만약 한정의 웃음소리를 들었다면 순금이네, 라고 했을 것이다. 그 깔깔거리는 소리에는 불순물이 0.0000001도 들어 있지 않다는 걸 알 수 있을 테니까.

마주 앉아 커피를 마시며 이곳 항구 도시에 와서 겪은 일같이 별 부담 없는 이야기를 주고받다 보니 셔츠가 말랐다. 보송해진 셔츠 자락을 문지르며 또 만날 수 있겠느냐고 물었다. 그 말이 쉽게 나오지 않아서 몇 번을 망설인 끝이었다.

이렇게 좁은 곳에서 어떻게 또 안 만나겠어요?

그럼 만난다는 말이냐고 확인을 받으려다 참았다. 나도 바보가 아닌데 저 말을 두고 나 좋을 대로만 해석하지는 말자고 마음을 다잡았다. 그래도 만난다, 안 만난다, 둘 중에 만난다는 뜻 아니냐고 희망을 품었다. 바보가 아니긴 뭐가 아니야. 3월이었다. 봄이라곤 하나 바닷바람의 기세가 등등한 날이었다.

또 만날 거라고 했죠?

며칠 후 로시난테에서 마주친 한정이 대뜸 그렇게 말했다. 나는 그냥 하하, 웃기만 했다. 내가 그전과 달리 그곳에 매일 출근하다시피 들러 전보다 더 길게 앉아 있었다는 사실을 한정이 몰랐으면 했다. 카운터에서 커피를 내리는 청년을 힐끔 봤다. 갑자기 매일 들르는 이유를 그는 눈치챘을 것만 같아서.

뭘 좋아하느냐고 물어봤다. 뜬금없어 보일까 봐 진땀이 났다. 점심때가 가까워서 물어본 거였는데 한정은 눈을 가느스름하게 뜨고는 잠시 생각에 빠졌다. 특별한 건 없어요. 책 읽는 거, 음악 듣는 거, 영화도 자주 보는 편이고요. 드라마는 별로예요. 너무 자극적이잖아요. 회나 지리 같은 대답을 기대했던 내가 부끄러워 얼굴이 좀 화끈거렸다. 내가 애초에 로시난테에 자주 가게 된 건 순전히 겉멋 때문이었다. 책이라면 잘 읽지도 않고 영화는 주로 액션 같은 블록버스터를 좋아하면서 북 카페에 드나든 건 그냥 그 분위기가 좋아서였다. 그런 공간에 머물다 보면 나도 어딘가 조금은 다른 사람이 된 느낌이었다. 그리고 정말 그렇게 되었다. 한정을 만나게 되었으니까.

꽃도 좋아해요. 중년답죠?

한정이 또 깔깔거리고 웃었다.

꽃 싫어하는 사람도 있어요?

이번에는 순발력 있게 받아쳤다. 한정이 한마디씩 덧붙일 때마다 긴장이 됐다. 조금이라도 괜찮은 사람으로 보이고 싶어서. 둔하거나 뻔하거나 혹은 무식한 남자로 보이면 끝장이라는 절박함이 생겼다.

커피도 좋아하고요, 그런데 밤에는 이제 못 마시게 됐어요. 잠을 못 자요.

그러고는 또 웃었다. 한정의 눈은 쌍꺼풀이 졌는데 웃으면 초승달처럼 가늘게 휘고 꼬리 쪽에 잔주름이 여러 개 잡혔다. 눈가의 잔주름이 예쁠 수도 있다는 걸 전에는 몰랐다.

혹시 차 갖고 오셨어요?

가까운 곳에 차가 있다고, 잠시 기다리면 가져오겠다고 말하자 한정이 또 깔깔거리며 그럴 것까지는 없다고 말렸다. 그러면서 오늘 가면 꽃비를 볼 수도 있을 텐데, 하고 아쉬워했다. 하동의 십리벚꽃길을 말로만 듣고 한 번도 못 가봤는데 일년살이 끝나면 영영 기회가 없을 거라고. 얼마나 아름다울까. 한정은 벚나무도 없는 창밖으로 고개를 돌리며 아련한 표정으로 말했다. 내가 일어선 건 마지막 말이 채 끝나기도 전이었다.

문을 나서자마자 뛰었다. 로시난테까지 걸어간 나를 패주고 싶었다. 차로는 오 분이면 충분한 거리가 도보는 이십 분이 넘게 걸렸다. 산책하기에도 짧은 거리가 하염없이 멀었다. 뛰면 얼마나 걸릴까? 몇 번이나 시계를 보며 쉬지 않고 달렸다. 군대 이후 그렇게 전속력으로 달린 적이 또 있었을까 싶게 죽기 살기로 달렸다. 그래도 십 분이 걸렸다. 자동차 열쇠를 들고 나와 시동을 걸고 난폭운전으로 로시난테에 도착하기까지 사 분. 중간에 앞에서 얼쩡거리는 차만 아니었어도 삼 분이면 됐을 텐데. 한정은 아메리카노 두 잔을 양손에 들고 문 앞에 나와 기다리고 있다가 조수석에 올랐다.

한정은 말을 잘하는 사람이었다. 비율로 치면 한정이 7, 내가 3 정도. 3도 힘에 부쳤다. 한정이 재잘거리는 말은 죄다 반짝거리고 고운 반면 나는 한정에게 잘 보이고 싶어서 아무 말이나 막 할 수가 없었다. 말을 재치 있게 못하는 편이라 더 조심이 됐다. 한정이 좋아한다는 책이나 영화 이야기가 나오면 그나마도 할 수 있는 말이 없었다. 아는 게 있어야 하지. 술 이야기나 축구 이야기라면 모를까. 그럴 때면 운전에 집중하는 척했지만 모든 감각이 한정에게로 향했다. 한정은 바깥 풍경을 감상하면서 끊어질 만하면 다른 이야기를 시작했다. 꽃 이야기, 바다 이야기, 나무 이야기 들을 책이나 영화 이야기와 섞어서 했는데 나는 그냥 적당히 반응만 해줄 수밖에 없었다. 한정의 목소리를 계속 듣는 것만으로도 취하는 것 같았다. 한정은 중간중간 깔깔거리며 웃었고 나도 나사가 몇 개쯤 빠진 사람처럼 실없이 웃었다. 하동이 그렇게 가까울 줄이야. 차로 두 시간쯤 걸렸는데 갈 때도 올 때도 이삼십 분 지난 느낌이었다. 마치 접힌 길 위를 달리다 그 길을 쭉 잡아 펴서 순식간에 도착해버린 것 같았다.

꽃비는 못 맞았다. 아직 때가 일러 꽃은 탐스럽게 부푼 상태였다. 나는 그쪽이 더 좋았다. 드라이브 기회를 한 번 더 만들어볼 수도 있을 테니까. 같이 사진을 찍고 싶었지만 한정이 부담스러워할까 봐 핸드폰을 넘겨받아 독사진을 몇 장 찍어주었다. 그 핑계로 비록 화면을 통해서였지만 한정을 정면으로 실컷 볼 수 있었다. 그거면 됐다고 생각했다. 그날은 정말 그랬다. 돌아왔을 때는 날이 저물었고 시장했다. 뭘 먹고 싶냐고 물었다가 거절당했다. 당연히 저녁을 먹을 줄 알았고 술도 한잔할 수 있겠다고 기대한 터라 크게 실망했지만 내색은 하지 않았다. 한정은 거절도 망설이지 않고 했다. 돌려 말하지 않고 피곤해서 혼자 편하게 먹고 싶다고 주저 없이 말했다. 그렇게 솔직하게 말해줘서 전혀 무안하지 않았다. 내가 잘 못하는 여러 가지를 잘하는 사람이었다.

내가 잘하는 건 돈 빌려달라는 부탁을 거절하는 거였다. 상대가 민망하거나 말거나 돈 이야기가 나올라치면 미리 경계를 하고 딱 잘랐다. 대신 받을 돈은 확실하게 받아냈다. 그렇게 하지 않았더라면 지금의 안락한 생활이 가능했을까. 주변에는 돈 많은 사람은 없고 빚 많은 사람들뿐이었다. 돈이 새지 않은 대신 사람들이 손가락 사이로 물이 새듯 사라졌다.

그렇게 모은 돈을 한정에게는 좀 쓰고 싶어졌다. 문제는 어떻게 쓰느냐였다. 흰색 천 가방을 들고 다니는 한정이 명품 가방을 좋아할 것 같지도 않았고, 현금을 줄 수도 없고. 실은 평생에 걸쳐 만난 몇몇 여자들 중 누구에게도 명품 가방이나 현금을 줘본 적이 없었다. 혹시 그거였나? 남들은 두 번씩도 잘만 하는 결혼을 한 번도 못한 이유. 그런 생각을 하며 집으로 돌아왔다. 그러고는 한동안 한정을 볼 수 없었다. 매일 로시난테에 들렀고 어떤 날은 주문하면서 한정이 혹시 왔었느냐고 물었지만 알바 청년은 한정을 기억하지 못했다. 왜, 그 깔깔거리고 웃던 여자 있지 않으냐고 설명하다가 청년이 무슨 말인지 못 알아듣겠다는 표정을 짓는 바람에 겸연쩍게 한번 웃어 보이고 자리로 가 앉아 창 쪽으로 고개를 꺾었다. 전화번호라도 받아둘 걸 그랬다고 후회했지만 그리 절망적은 아니었다. 한정의 말대로 좁은 곳이니까 또 만날 수 있을 거였다.

역시 그랬다. 하지만 다분히 절망적이었다. 로시난테에서 나온 후 울적해서 찾아든 횟집에서였다. 문을 열고 들어서다가 바로 등을 돌려 나왔다. 분명히 한정이었다. 한정은 나를 못 보았고 맞은편의 남자가 나를 힐끔 보더니 다시 한정과 무어라 말을 주고받았다. 돌아 나와서도 횟집 주변을 한참 서성거렸다. 어떻게 할 것도 아니면서 자리를 뜰 수가 없었다. 그렇다고 다시 들어갈 수도 없었다. 남자의 정체를 알 수 없어 알은체를 해도 될지 판단이 서지 않았다. 아는데 모르는 척하는 건 더 자신 없었다. 유리문으로 슬쩍 들여다보다 그 남자와 눈이 마주쳤다. 남자가 한정에게 바로 뭐라고 말하는 폼이 꼭 내 이야기를 하는 것만 같아 도망치듯 횟집에서 멀어졌다. 한정이 회를 좋아하나 보다. 아니면 그 남자가 좋아하는 걸까? 그럼 한정이 그 남자에게 맞춰주느라 횟집에 간 걸까? 내게는 단호하게 거절했던 그 저녁 식사를. 어쩌면 술도. 바보 같다는 생각을 하면서도 말도 안 되는 상상이 연이어 떠올랐다. 한심하고 유치하고 쪽팔린 일이었다.

다음 날은 로시난테에 가지 않았다. 그다음 날도, 그다음 날도. 첫날이 힘들었지 하루하루 지날수록 견디기가 좀 나아졌다. 그러다가 문득 참을 수 없이 한정이 보고 싶어지기도 했다. 집을 나서면 속절없이 로시난테로 발길이 향했다. 문 앞에서 돌아서기를 몇 번 했다. 창으로 안쪽 깊은 곳까지 살피고 나서였다. 항구에 나가 배들을 구경하기도 했다. 배가 드나드는 모습은 별로 보지 못했다. 배는 그저 정박하고 있는 부동물 같았다. 하긴 배 자체가 부동산이나 마찬가지라고 들었다. 땅 부자는 배 부자에 댈 것도 아니라고 뻐기던 사람이 누구였더라. 그래도 배보다는 땅이지. 배는 관리도 부담스러운데다 땅처럼 팍팍 값이 오르지도 않을 거다. 땅은 당대에 재미를 못 본다고 누가 말했는데 그것도 누구였는지 기억나지 않았다. 그 말을 들고 난 후로는 오히려 내가 떠들고 다녔다. 그래서 안 산다고. 못 살 때에 그렇게 말했다. 실은 사고 싶지도 않았다. 환금성도 떨어지는 땅을 누구 좋으라고. 묻어둔다 생각하고 사려면 몰라도 나야 땅에 돈 묻었다가 나 묻히기 전에 어떻게 할 일이 안 생길 것 같아 관심을 끊었다. 배는 달랐다. 정박만 하고 있어도 배는 배였다. 항구에 가지런히 정박해 있는 배들을 보노라면 바다로 나갔을 때의 힘찬 모습이 그려지기도 했고 태풍에 나부끼는 위태로움이 상상되어 어깨를 움츠리게도 되었다. 그래도 묶여만 있을 것 같으면 그게 배인가 하는 가소로운 마음이 들면서 그제도 어제도 오늘도 그 자리에 부동의 자세로 붙박인 배가 꼭 나 같고 내가 배 같기도 했다. 그런 생각이 들면 갑자기 바람이 더 차게 느껴져 몸이 부르르 떨렸다.

로시난테에 가지 않으려고 차를 몰고 외곽을 돌았다. 어느 날은 울적한 마음으로 하동까지 가게 되었다. 그사이 벚꽃이 다 져버려서 이번에도 꽃비는 못 맞고 돌아왔다. 그러려고 간 것도 아닌데 꽃이 다 떨어진 나무를 보자 괜히 허탈했다. 혼자 거기까지 간 것도, 허탈한 마음이 든 것도 한심했다. 돌아오는 길에 충동적으로 농원에 들러 나무를 샀다. 벚나무를 사려고 들어갔다가 마음이 바뀌어 사과나무를 몇 주 주문하고 왔다. 농원 주인은 올해 바로 사과를 볼 수 있을 거라고 했다. 믿을 수 없어 재차 확인했더니 정말이라고, 먹을 수도 있을 거라고 했다. 내다 팔 정도는 아니겠지만 맛은 볼 수 있을 거라며 주인은 털털하게 웃었다.

나무는 나보다 먼저 집에 도착해 있었다. 차를 몰고 이리저리 쏘다니다 석양까지 보고 들어왔기 때문이다. 문제는 나무가 대문 앞에 멀뚱히 세워져 있었다는 건데 그걸 보니 난데없이 마음이 급해져 바로 정원 한쪽을 파기 시작했다. 한 구역에 나란히 심을까 하다 거실에서 잘 내다보이는 자리에 가지가 제일 예쁘게 뻗은 두 그루를 나란히 심고 나머지는 정원 가장자리에 심기로 했다. 뿌리를 감싼 흙까지 꽁꽁 싸매서 배송된 나무는 보기보다 훨씬 무거웠다. 이렇게 연약한 나무에 어떻게 사과처럼 크고 무거운 과일이 열린다는 건지 잘 믿기지 않았다. 그래도 언젠가는 열리겠지. 죽지만 않는다면. 거실 앞 두 그루는 바로 심었고 나머지는 다음 날로 미뤘다. 삽질을 하는 동안, 날도 어두워졌는데 이게 무슨 짓이람, 이게 삽질은 진짜 삽질이네, 싶어 피식피식 웃음이 났다.

한정을 다시 만난 곳은 역시 로시난테였다. 나무를 심고 제주도에 다녀온 후였다. 내키지 않는 여행이었다. 일 관계로 알고 지내다 가끔 연락을 주고받는 친구 비슷한 관계의 사람들과 어울려 골프를 치고 맛있는 음식을 먹으러 다녔다. 하나도 재미가 없었다. 좀 잊어버리겠거니 해서 간 길이었는데 가는 곳마다 한정이 떠올랐다. 갈치조림을 먹어도 한정에게 사줘야겠

다, 흑돼지를 먹어도 한정에게 사줘야겠다, 호텔 조식을 먹어
도 아침에 둘이 여기 마주 앉아 커피를 마시면 얼마나 좋을까,
했다가 혼자 얼굴이 붉어지기도 했다. 그러느라 자꾸 대화를
놓쳐서 타박을 받았다. 꼭 한정 생각 때문만도 아니었다. 주로
건강 이야기, 자식 이야기, 노부모 이야기 들이라 나와는 별 상
관이 없어 듣는 둥 마는 둥 했다. 자식은 없고, 노부모야 워낙
서먹하고. 누나한테 보내주는 돈으로 많은 것을 해결하고 있으
니 내 할 도리는 했고. 뭐, 그런 나니까.

그날도 어쩐지 걸음이 그쪽으로 길을 잡았다. 로시난테가 가
까워지자 의식적으로 고개를 반대편으로 돌렸다. 그게 뭐라고
내게는 무척 힘든 일이었다. 그럴 바엔 아예 그쪽으로 가지 말
았어야지, 생각했지만 생각은 생각일 뿐. 거의 다 지났을 때쯤
결국 유혹을 못 이기고 로시난테의 창을 힐끔 봤다. 창쪽 의자
에 앉아 한 손으로 턱을 괴고 책장을 넘기는 한정의 비낀 얼굴
이 거기 있었다.

집에 좀 다녀왔어요.

집엘요?

내가 놀란 표정을 짓자 한정이 말없이 웃었다. 내 기분 탓이
었는지 한정은 쓸쓸해 보였다.

아이가 좀 다녀가래서요.

아이가 있을 거라는 생각을 왜 못했을까. 아이가 있다면 남

편도 있을까. 물어볼 수가 없었다. 있다고 할까 봐 겁이 났다.

좀 아팠거든요. 밥도 지어 먹이고 반찬도 해 먹이고 옷도 정리해주고 그러다 왔어요.

아이가 몇인지, 몇 살인지, 아들인지 딸인지, 궁금했지만 묻지 않았다. 한정에게도 남들처럼 그런 가족과 일상이 따로 있다는 사실을 인정하고 싶지 않았다. 타지로 일 년 동안 혼자 살러 왔을 때는 그만한 이유가 있을 거라는 데에 처음 생각이 미쳤다. 그동안은 어째서 그런 생각조차 들지 않았을까. 혼자 사는 일이 내게 당연해졌다고 남들도 다 그럴 리는 없는데. 공감 능력. 내게는 그것도 부족했다. 어쨌거나 한정의 쓸쓸함이 처음으로 느껴져 애가 달았다. 술을 한잔하자고 해볼까, 또 거절당하지 않을까, 계속 망설였다. 한정은 그날따라 말이 별로 없었고 서가에서 한참 책을 구경했다. 아이가 아파서 다녀왔다는 말로 알아들었는데 그게 아니라 다녀와서 한정이 아팠다는 말이었나? 쓸쓸해 보이는 게 아니라 아픈 끝에 수척해 보이는 건가? 한정의 안색을 몰래 살피며 가늠해보았으나 알 도리가 없었다. 그저 우물쭈물하며 한정이 뒤적이던 책을 따라서 뒤적이는 수밖에. 시집은 시집인지 알겠고 소설은 소설이라 표시되어 그것도 알 수 있었지만, 다른 책들은 통 내용을 짐작하기 어려웠다. 독서에 별 흥미가 없는 탓이었다. 나는 한정이 뒤적거린 책들을 모두 샀다. 두 권 이상 있는 책들은 두 권을 샀다. 한정에게 한 권씩, 나도 한 권씩. 한정이 보는 책을 나도 읽고 싶었다.

한정의 표정이 그날 처음으로 환해졌다. 한정은 역시 내가 알던 여자들과 많이 다르다는 게 다시 확인되는 순간이었다.

이거면 한 달은 행복하겠어요.

한 달이면 읽을 수 있겠다는 말로 들렸다. 한정의 책은 얼추 열 권이 넘었다. 내 책은 대여섯 권 정도. 나는 암만해도 다 읽을 자신이 없었다. 일 년이 걸릴지도 몰랐다. 어쩌면 영원히 다 못 읽을 수도 있을 것 같았다. 한정이 책 내용을 이야기하면 어쩌나, 걱정이 됐다. 그러다 곧바로 더 큰 걱정이 생겼다. 한정이 한 달 동안 두문불출 책을 읽느라 로시난테에 발걸음도 안 하면 어쩌나 하는 거였다.

같이 읽을까요? 여기서.

내 말에 내가 놀라버렸다.

북클럽 같은 거 하자고요?

한정이 웃으며 되묻는 바람에 또 놀라고 말았다.

그건 좀 번잡스럽고요.

절박하면 어떻게든 출구를 찾는다. 내가 그럴 줄 몰랐는데 꽤 단호한 거절이 되었다. 내 목적은 오직 한정과 함께 있는 시간을 만드는 것뿐이라 클럽이니 뭐니 해서 다른 사람이 끼어들까 봐 불안해졌던 거다. 실은 들어보기만 했지, 북클럽이 뭔지도 잘 모른다.

그냥 느슨하게 읽어요. 여기서 같이 읽게 되면 그렇게 하고. 난 사실 집에서 뒹굴면서 읽는 걸 제일 좋아하거든요.

난 사실 안 읽는 걸 더 좋아한다는 말이 튀어나오려 해서 꾹 눌러 담았다. 어쨌든 덕분에 아무 눈치도 보지 않고 로시난테에 매일 나와 앉아 책도 읽고 핸드폰도 보면서 몇 시간씩 보낼 수 있었다. 한정은 이삼일에 한 번은 나왔다. 밥도 두 번 같이 먹었고, 한번은 반주도 한잔씩 했다. 무엇보다도 연락처를 교환할 수 있었던 게 큰 소득이었다. 나는 매일 밤 잠들기 전 한정에게 메시지를 보내고 싶은 마음을 억누르느라 집 안을 왔다 갔다 하면서 양손을 펼쳤다 오므렸다 했다. 아침에도 그랬고 오후에도, 저녁에도 그랬다.

손을 잡아도 될까? 다음에 만나면 시침 뚝 떼고 슬쩍 잡아볼까? 자연스럽게 스치는 것처럼 해볼까? 산책이라도 할까? 걷다가 슬쩍 잡아볼 수 있지 않을까? 산에 가자고 해볼까? 힘들어하면 손을 내미는 거지. 비탈길에서 끌어올려줄 수도 있고 말이야. 매일매일 이런 생각을 했다. 남들은 첫 만남에서 바로 모텔로 뛰어들기도 한다던데 이게 뭔가, 하고 풀이 죽었다가 아니지, 한정은 절대 그런 여자가 아니야, 라고 혼잣말이지만 비명을 지르기도 했다. 어딘가 좀 이상해진 게 아닌가, 조금 미친 거 아닌가, 했다가 곧바로 사랑은 원래 미치는 거야, 했다. 그러고는 혼자서도 좀 쑥스러웠다. 사랑이라니. 객관적 단어가 아니라 감정을 실어 내 입으로 말한 게 언제였는지 까마득했다.

오래전, 이십 년도 더 전에 한 여자에게 말한 이후 꺼내본 적 없는 단어였다. 결혼하기로 했다가 약속을 깨버린 여자가 있었다. 깬 건 내 쪽이었다. 너도나도 핸드폰을 갖게 된 무렵이었다. 그 여자는 결혼을 전제로 만나는 사이에는 그래도 된다고 생각했는지 갈수록 더 자주 전화하고 문자하고 어디 있나, 뭘 하고 있나, 확인하는 부류였는데 그게 꼭 넥타이를 점점 더 졸라매는 느낌이어서 견딜 수가 없었다. 그런데 요즘 들어 그때 그 여자의 마음을 조금은 이해하게 되었다. 시시각각 한정이 어디 있는지, 뭘 하고 있는지 궁금해서 어쩔 줄 몰랐으니까. 그렇긴 해도 한정에게 선뜻 연락하게 되지는 않았다. 참고 또 참다 보면 이게 뭐야, 싶어 헛웃음이 나오곤 했다. 그러고 있는 걸 누가 알까 봐, 다른 누구보다도 한정이 알까 봐 조마조마했다. 동시에 한정이 알아야 하지 않나, 하는 마음도 커서 눈 딱 감고 고백을 할까, 언제 할까, 어떻게 할까, 어디서 할까 등등을 혼자 상상하고 시뮬레이션하다 보면 하루가 길다가도 어찌어찌 잘 흘러갔다. 그런 식으로 여름이 다 지나가버렸다. 고통스러우면서도 행복했다. 행복하다는 느낌을 자각하고는 깜짝 놀라고 말았다. 이상했다. 몸은 늙어도 마음은 안 늙는다더니 정말 그랬다. 무슨 기관에서 몇 년 전 발표한 자료에 의하면 내 나이도 청년기에 속한다고 했는데 그건 좀 너무했고 아무튼 중년에도 이런 욕망이 생길 수 있다는 게 신기하기만 했다. 어쩌면 남들은 다 아는 건데 나만 몰랐던 걸까.

집에 사과나무를 몇 그루 심었는데 한번 볼래요?

내 딴에는 큰 용기를 냈다.

스피노자가 되셨네.

한정이 농담을 하며 웃자 눈이 초승달이 되었다.

초대하는 거예요? 생일이에요?

생일이라고 하면 자연스러웠을 걸 바로 아니라고 고개를 저은 게 후회되었다. 하지만 바로 더 좋은 답이 떠올랐다.

사과 알이 맺히기 시작했거든요. 혼자 보기 아까워서요.

그날 보러 가자는 말이었는데 한정은 언제 가서 보겠다고 답했다. 탁구 랠리처럼 대화가 잘 오간다 싶으면 꼭 그런 식으로 맥없이 떨어져버렸다. '언제'는 기약 없는 말이다. 언제 밥 한번 먹자는 말처럼. 그날 잠들기 전에 문득 생각났다. 생일이 언제인지 자연스럽게 물을 수 있었는데. 바보같이. 이어서 든 생각은 내 생일이 아니라고 했는데 그럼 생일은 언제냐고 한정이 묻지 않았다는 사실이었다. 그러고 보니 한정은 내게 아무것도 물은 적이 없었다. 나에 대해 아무것도 궁금하지 않다는 건가? 아예 관심이 없는 건가? 그럼 몇 달이나 만나서 차를 마시고 책을 읽고 밥을 먹은 일은 다 뭐란 말인가. 한번은 술도 마시지 않았던가. 게다가 벚꽃을 보겠다고 먼 길을 내 차로 함께 다녀오기도 했는데.

눈을 감은 채 이런저런 상념으로 뒤척이다 거기까지 생각이 흘러가자 잠이 확 달아났다. 벌떡 일어나 마당을 서성거렸다. 한정나무라고 이름을 붙인 거실 앞의 나무는 이상하게 잎이 부실했다. 거름을 하고 심었어야 하나, 물을 더 줬어야 하나. 아니, 덜 줬어야 하나. 한밤중에 나무 걱정을 하게 될 줄이야. 옆에 심은 내 나무는 그럭저럭 잎이 매달렸고, 정원 한쪽에 나란히 심은 다른 나무들도 별 탈은 없어 보였다. 왜 하필 이 나무만. 한 손에 들어올 정도로 여린 나무를 손바닥으로 쓰다듬었다. 까끌거리는 표면이 차가웠다. 그게 꼭 한정의 마음 같아서 시무룩해졌다. 한정의 손목 한번 못 잡아본 내가 머저리같이 느껴졌고.

다음 날 책 한 권을 챙겨 로시난테로 갔다. 한정이 온다는 보장은 없었지만 다시 매일 갈 수 있는 명분이 생긴 마당에 마다할 이유가 없었다. 무엇보다 나는 시간이 많으니까. 잠을 설친 탓에 진한 에스프레소를 거푸 두 잔째 마시고 있을 때 한정이 들어왔다. 손에는 작은 상자를 들고 있었다. 핑크빛 리본이 달린 길쭉한 상자였다.

커피를 마시고 갈까요? 가서 마실까요?

한정이 상자를 품에 안는 시늉을 하며 물었다. 무슨 말인지 못 알아들어 눈만 멀뚱거리자 한정이 깔깔 웃었다.

몇 알이나 맺었어요? 가을에 맛도 볼 수 있으려나?

집을 제대로 치워놓고 왔던가, 급하게 방과 부엌, 거실을 떠올려보았다. 욕실도. 딱히 어질러놓은 건 없지만 손님을 맞을 정도로 깔끔한 상태도 아니었다. 그렇다고 기회를 놓치는 건 말이 안 됐다.

가서 한번 세어봐요. 가을엔 맛도 보고.

한정은 집 앞에 도착하자마자 감탄했다. 위치가 아주 좋고 시내에서 많이 떨어지지 않았는데도 조용하다고 구체적으로. 정원에는 아직 제대로 자란 큰 나무가 없었다. 빈약한 정원수에 비해 잔디는 잘 조성되어 융단처럼 푹신했다. 한정은 신을 벗고 맨발로 잔디 위를 걸었다. 그 모습이 영화 속 한 장면처럼 벅차게 각인되었다. 한정은 나풀거리는 꽃무늬 치맛자락을 살짝 움켜쥔 상태로 아직 어린 나무들을 한 그루씩 소리 내서 셌다. 나는 용기를 내어 한정의 손을 잡아끌었다. 한정은 순순히 끌려왔다. 거실 앞 두 그루 나무 곁으로 다가가 섰다.

여기 열매 맺힌 거 보이죠?

조롱조롱 알이 달린 내 나무를 가리키자 한정이 손뼉을 치며 좋아했다.

그런데 이 나무만 유독 부실해요.

나는 그 옆 한정의 나무를 가리켰다. 한정이 가까이 다가가 성근 잎과 가느다란 둥치를 만져보며 살폈다. 용기를 내서 한정의 손을 다시 잡았다.

한정 씨가 좀 보살펴줄래요?

나는 한정의 두 눈을 정면으로 보면서 또박또박 말했다. 심장이 밖으로 튀어나올 것만 같았다.

왜요? 어디 가요?

천연스럽게 묻는 한정을 끌어당겨 안았다. 쿵쾅거리는 심장의 요동이 한정의 어깨에 전달되는 게 느껴졌다. 한정은 가만히 있었다. 그걸로 다 됐다는 안도감이 들었다. 키스를 하는 데는 용기고 뭐고 필요 없었다. 그냥 그렇게 되었다. 자연스러웠다. 잠시 후 한정이 몸을 빼고는 쿡 웃었다. 나도 웃었다. 서로 완벽하게 마음이 통했다는 확신이 들었다. 결국 이렇게 될 거였는데 그동안 너무 혼자서 애를 태우고 미적거린 게 미안할 정도였다.

이 나무 이름이 한정이에요. 저건 제 나무예요.

기쁨에 찬, 그러나 진지한 목소리로 말했다. 말을 끝내자 한정이 고개를 가로저으며 웃기 시작했다. 눈이 다시 초승달처럼 휘었다. 한정이 고개를 젖힐 때 입 안쪽의 금니가 살짝 보였다. 한정도 기쁜가 보다 생각하며 따라 웃었다. 다시 한정의 허리를 안으려는데 한정이 한 발 뒤로 물러났다.

아이, 참…… 왜 이래……

한정이 벗어놓은 신발을 찾아 발을 꿰며 중얼거렸다.

나는 갑자기 말문이 막혀 화끈거리는 얼굴을 손바닥으로 계속 쓸어내렸다.

있죠. 저 나무만 좀 다르게 생긴 거 같지 않아요? 몰랐어요? 나도 알겠는데.

한정은 그때까지도 손에 들고 있던 작은 상자를 잔디 위에 내려놓았다.

갈게요. 안녕.

나는 아무 말도 못하고 주춤주춤 따라 나갔다. 한정이 몸을 반쯤 돌려 예의 깔깔거리며 웃는 목소리로 말했다.

밥 한번 먹어요, 언제.

그러고는 바로 앞만 보고 걸어갔다. 나는 문밖에 서서 밥 한 번 먹어요, 언제, 라는 말을 새김질하듯 속으로 반복하면서 멀어지는 한정의 뒷모습을 바라보기만 했다. 한정은 한 번도 돌아보지 않았고 서두르지도 않았다. 타박거리는 발소리가 규칙적으로 작아지다 아예 들리지 않게 되었다. 한정의 모습이 완전히 사라진 다음 돌아서자 잔디 위에 놓인 상자가 눈에 들어왔다. 특별한 의미가 있을 것 같지는 않았지만 롤 케이크 같은 게 아닐까 막연히 기대하며 열었을 때 비릿한 냄새가 훅 끼쳤다. 상자 안에 든 건 잔멸치였다.

이후 한정을 다시 보지 못했다. 로시난테에는 두 번 갔다. 커피를 두 잔씩 마셨고 책을 펼쳐두고 보는 둥 마는 둥 했다. 두 번 다 한정을 보려고 간 거였는데 그러고 나선 한정이 올까 봐 발을 끊었다. 한정이 놓고 간 멸치에 견과를 넣고 멸치볶음을 서너 번 해 먹고 났을 때 가을이 완연해졌다. 한정의 나무에도 열매가 열렸다. 배였다. 굵지는 않았지만 분명히 알 수 있었다.

무슈 파비용의
굴욕

제 이름은 파비용입니다. 무슈 파비용이라고 불러주십시오.
저는 지금 깊은 어둠 속에 있습니다. 어둠은 전혀 낯설지 않습
니다. 빛이 완벽하게 차단된 오크통에서 몇 년을 견딘 적이 있
으니까요. 하지만 말입니다. 어둠에도 층위가 있음을 저는 이
곳에 와서 알게 됐습니다. 오크통의 어둠은 지닐 만했습니다.
아니 지닐 만한 정도가 아니었습니다. 그것은 오히려 환희의
어둠이었습니다. 그렇지 않겠습니까? 이제 곧 세상으로 나가
게 되리라는 찬란한 약속을 담보한 어둠이었으니까요. 무려 백
년이 걸린 르 파비용 탄생의 마지막 숙성 과정이었으니까요.
그러나 지금의 어둠은 뭐랄까, 오크통에서 희망에 무르익어가

던 나날과 비교해보면 극명한 대조라고나 할까요. 와인으로 태어난 제 자신을 한없이 초라하게 만드는군요. 하긴 세상 모든 것들에는 층위가 있겠지요. 상승은 짜릿한 일일 테고요. 네, 그럴 겁니다. 신분이 상승하고 주목을 받고 권력을 휘두르는 주체가 된다면 살아 숨 쉬는 보람을 느낄 수도 있겠지요. 저 파비용이 이토록 속물 같은 생각을 하게 될 줄은 미처 몰랐군요. 저로 말씀드릴 것 같으면 태생부터가 자부심으로 충만한 존재인데 말입니다. 아, 섣부른 오해는 말아주십시오. 당신이 쉽게 상상하는 그런 이야기가 아닙니다. 아무런 노력 없이 획득하게 되는 천박한 부유함, 위선적 명예 같은 것들을 상상하신다면 당신이 틀렸습니다. 저는 뜨겁고 척박한, 그래서 때로 가혹하기까지 한 테루아*를 견디며 백 년을 이어온 포도나무였습니다. 세계의 총체적 역사로서 백 년은 깃털보다 가벼운 시간일 수 있겠지요. 하지만 개별자로서 살아내야 하는 백 년을 상상해보세요. 어떻습니까? 당신은 이 세계의 백 년을 견딜 수 있겠습니까?

제 고향은 프랑스 남부의 론 지방입니다. 마르세이유의 북쪽에 위치하고 있지요. 척박한 토양으로 이름난 곳입니다. 아실는지 모르지만 와인이 될 포도나무는 비옥한 토양을 허락받지

---

* Terroir. 포도를 재배하기 위한 제반 자연조건을 총칭하는 말.

못합니다. 편안한 환경에서는 에너지가 응축되지 않는 법이지요. 세상 이치가 다 그런 것 아니겠습니까? 위기가 없다면 절실함도 없을 테고 강하게 단련되지도 못할 테지요. 진정한 아름다움에는 상처가 깃들어야 마땅합니다. 훼손되지 않은 생래적인 아름다움보다는 역경을 이겨내고 스스로 우뚝해진 아름다움이야말로 갈채 받아 마땅하지 않은가요? 저는 연약한 뿌리의 끝을 조심스레 뻗어 화강암 사이의 흙을 더듬었습니다. 암석에 부딪히고 긁히면서 간신히 뿌리를 내리고 제힘으로 홀로 섰습니다. 뿌리가 땅 밑에서 자리를 잡는 동안 땅 위에선 가지와 줄기와 이파리가 온몸에 상처를 입고, 그로 인한 영광을 새기고 있었지요. 낮에는 뜨거운 햇살을 견디고 밤이 되면 추위에 떠는 날이 이어졌습니다. 겨울이면 마시프 상트랄*에서 불어오는 바람의 칼날에 몸을 베이는 아픔으로 진저리를 쳤지요. 해가 뜨고 지고, 계절이 흐르고, 포도밭의 농부들이 바뀌는 동안 저는 백 년을 견뎌냈습니다. 단단하고 지혜로운, 늙은 포도나무가 되어 포도송이를 맺었습니다. 거기에는 백 년 동안의 꿈이 알알이 영글어 있었지요. 사실 그 꿈이 아니었더라면 저는 세상에 태어날 이유도 없었을 겁니다. 당신은 어떻습니까? 어떤 꿈을 꾸고 있습니까? 꿈은 과연 이루어지는 것입니

* Massif Central. 프랑스 남부의 고원 지대.

까? 그것은 누구에게나 공정합니까? 기회는 모두에게 평등합니까? 그렇지 않다면 그 기준은 어떻게 마련되고 어떤 방법으로 실현됩니까? 다시 묻습니다. 당신은 이 세계의 백 년을 견딜 수 있는지요?

　오크통을 벗어나 매끈한 병에 자리를 잡은 저는 론의 저장고에서 행복을 꿈꾸었습니다. 이제 곧 누군가의 기쁨, 누군가의 축복이 되리라는 아름다운 꿈이었지요. 설레더군요. 설렘은 곧 행복이었습니다. 행복이란 그 자체로 자족적인 것이지요.* 좋은 것 중에서도 가장 좋은 것입니다. 돌이켜 생각해보면 언제까지고 그 시절에 머물 수 있었다면 얼마나 좋았을까, 하는 회한에 들기도 합니다. 그럼에도 불구하고 제가 저장고에서 처음 바깥세상으로 나오게 된 그날의 흥분을 군이 부인하지는 않겠습니다. 만약, 이건 순전히 부질없는 가정이지만 말입니다, 만약 제가 아직도 저장고에 우두커니 자리하고 있다면, 기대와 설렘에조차 진력이 나지는 않았을까요?
　저는 어느 날 갑자기 거대한 화물선의 밑바닥에 실리게 되었습니다. 아마 봄날이었을 겁니다. 어둠 속에서도 그 정도는 알 수 있었지요. 어쨌거나 저는 백 년을 계절의 변화와 함께해

* 아리스토텔레스의 『니코마코스 윤리학』에서 차용.

온 몸이니까요. 배는 홍콩행이라고 하더군요. 홍콩은, 아시는지 모르겠지만, 아시아의 와인 집산지입니다. 아시아에서 소비되는 와인은 대부분 홍콩을 거친다고 합니다. 기분이 썩 괜찮았습니다. 조국을 떠나게 된 것이 못내 서운하긴 했지만 말로만 듣던 아시아라니요. 그것도 홍콩이라니요. 동서양이 공존한다는 다이내믹한 항구 도시 홍콩이 저의 또 다른 고향이 될 수도 있다는 기대에 들뜬 것은 당연했습니다. 이국적 풍물에 한껏 젖으리란 기대도 매혹적이었던 데다 무엇보다도 마침내 저의 진가를 발휘할 날이 머지않았다고 생각했기 때문이지요. 제 몸은 우아한 가넷 컬러로 빛납니다. 향은 또 어떻고요. 라즈베리와 블랙베리의 달콤한 향에, 호두와 감초의 풍미, 오크통에서 우러나온 탄내와 타르 향이 어우러져 있지요. 게다가 타닌의 맛은 벨벳처럼 부드럽기까지 합니다. 이 모든 요소가 훌륭하게 균형 잡혀 긴 여운을 남기는 와인이 바로 저, 파비용입니다. 이제 당신도 제가 허황된 신기루나 좇는 게 아니란 것쯤은 아시겠지요.

하늘이 유달리 높던 오후였나, 아마도 그랬을 겁니다. 저는 그날도 다소 나른하게, 하지만 결코 기품을 잃지 않으면서 진열장에 누워 있었어요. 아, 이런 고혹적인 권태야말로 오랜 고독을 견디는 동안 제 영혼에 깃든 장엄 같은 것이겠지요. 그런데 어느 순간 황홀한 권태를 깨는, 무도하고도 거친 어떤 손길이 제 목을 휘어잡는 것 아니겠어요? 그는 이제는 익숙해진 한국말을 하는 중년의 사내였습니다. 척 보기에도 다혈질로 보이는 그는 일행과 시시껄렁한 잡담을 큰 소리로 주고받으며 가게 안으로 들어서더군요. 저는 설마 그 사내가 저를 선택하리라고는 짐작조차 하지 못했습니다. 와인을 아는 사람이라면 병에 부착된 라벨을 꼼꼼하게 들여다보고 고개를 주억거린 후에야 신중하게 손을 내미는 법이니 말입니다. 그는 제 몸값만 확인하고는 저를 데려갔습니다. 얼굴이 화끈 달아오르는 느낌이었습니다. 저는 어디로 가고 있는지도 알지 못한 채 충격의 시간 속으로 던져졌습니다. 며칠이나 가방 속에 욱여넣어졌던 제가 부려진 곳은 어느 아파트의 주방이었습니다. 사내의 여자는 저를 가방에서 꺼내자마자 캄캄한 싱크대 구석에 처박아두더군요. 싱크대 구석이라니요. 제가 있어야 할 곳은 온도가 조절되는 와인 셀러여야 하는데요. 저로 말씀드릴 것 같으면 홍콩 달러로 사오천 불은 너끈한데 말이지요. 아, 가격으로 저를 표현하는 일이 저로서도 그리 탐탁한 일은 아닙니다. 하지만 이 땅에 오고 나서 제가 겪은 일들을 돌이켜보니 저도 이제 몸값 정도는 어필해야겠다는 생각이 드는군요. 아무리 제가 고결한 품성과 깊은 향을 간직했다고 해도 사람들은 그런 진가를 알아보지는 못하더군요. 그저 얼마짜리, 라고 해야, 호오, 제법 고급이로군, 하고 감탄사를 한번 흘려주니 말입니다. 안타깝지만 저도 이 사람, 저 사람의 손을 타면서 그들의 행태를 지켜보고 또 겪어보고 나니 이제는 만신창이가 된 기분입니다. 스스로 얼마짜리라고 저 자신을 규정하다니요. 마치 그게 제 결정적 정체성이라도 되는 것처럼 말입니다. 씁쓸하지만 어쩔 수 없습니다. 저는 이제 어떠한 희망도 부질없다는 걸 깨달았으니까요.

절망의 암흑 속에서 며칠을 지낸 후 저는 다시 사내의 거친 손길에 몸을 내주어야 했습니다. 사내의 무례함은 이미 문제가 되지 않았어요. 드디어 빛을 보게 되었다는 흥분에 몸을 떨었지요. 어느 파티에 나를 데려가려나, 잔뜩 기대를 했습니다. 이왕이면 정결하게 다려진 테이블보 위에서 여러 사람의 찬탄의 눈길을 받으며 날씬하고 투명한 디캔터에 담긴 후에 쨍그랑 소리마저 투명한 잔에 나뉘어 축배의 재료로 피어나길 바랐지요. 안타깝게도 그 바람은 오래가지 못했습니다. 저는 진종일 뜨거운 햇빛을 받으며 자동차 안에 널브러져 있었으니까요. 숨이 턱턱 막혔습니다. 해가 떨어지고 사위가 어둑해져서야 사내는 저를 다시 집어 들었습니다. 제가 다시 부려진 곳은 아마도 술집이었던 것 같습니다. 저는 이제 전무라고 불리는 낯선 이에게로 넘겨졌습니다. 그때만 해도 순진했지요. 안도의 한숨을 내쉬었으니까요. 질펀한 술자리를 모면하고 전무 부부의 결혼기념일이라거나 다른 어떤 기쁜 일을 축하할 수 있다면 그것 참 보람 있는 일 아니겠습니까? 봉투도 아니고 와인이 다 뭐냐는 전무의 말이 아니었다면 제 안도는 조금 더 연장될 수도 있었을 겁니다. 그 뒤로도 비슷한 일이 이어졌습니다. 건설회사의 전무로부터 오만한 공무원에게로, 그 아내의 수술 집도의에게로, 그 의사의 아들의 담임교사에게로 저는 넘겨지고, 넘겨지고, 또 넘겨졌습니다. 그러는 동안 차 안에, 서랍 안에, 책상 아래에 며칠씩 방치되어 있었지요. 제가 든 상자 안에는 두툼한 봉투가 비집고 들어오기도 했습니다. 그렇다고 제가 절망만 했던 것은 아닙니다. 이제 곧 빛을 보게 되리라는 희망, 누군가에게 기쁨과 위안이 되리라는 기대가 쉽사리 버려지지는 않았던 거지요. 백 년의 세월을 쉽사리 부정당하고 싶지는 않았으니까 말입니다.

얼마나 시간이 흘렀는지 모르겠습니다. 정신을 차리고 보니 저는 다시 이 무거운 암흑 속에 놓여 있군요. 아, 제가 미처 말씀드리지 못했나요. 그 담임교사 말입니다. 그는 처음 저를 데려온 홍콩에서의 사내, 그의 아내였습니다. 그는 퇴근길에 저를 데리고 와서는 봉투만 꺼낸 뒤 저를 싱크대 구석으로 밀어넣더군요. 순간 저는 충격과 절망으로 온몸이 얼어붙는 것 같았습니다. 그 자리는 제가 한국에 처음 왔을 때 한동안 방치되었던 바로 그 자리였으니까요.

또다시 어둠에 갇힌 저는 처참했습니다. 결국 이렇게 될 운명임을 모른 채, 갖은 굴욕을 겪으면서도 희망을 놓지 않고 있던 저 자신이 참담했습니다. 저는 이제 포도밭에서 영글어가던 그 시절의 추억을 되새기기에도 힘겨워졌습니다. 오크통에서 인고의 시간을 보냈던 시절도 아득하게만 느껴지고 홍콩행 배에 올라 설레었던 그날도 원망스럽기만 합니다. 쳇바퀴 같은 운명의 굴레를 벗어날 길이 없으리란 예감에 저는 몸을 떨었습니다. 제게 이런 불행을 안겨준 그들을 미워해야 마땅하겠지요. 세상에 태어나 단 한 번 주어진 삶을 이런 식으로 보내고 싶지는 않았으니까요. 물론 미웠습니다. 증오했지요. 그런데 참 이상하지요. 저 스스로도 이해할 수 없었던 것은 말입니다. 제가 그토록 좌절하고 절망하면서도 자꾸 희망을 지어내게 되더라는 사실이지요. 저를 이 지경으로 몰아넣은 그 인간들을 차마 끝까지 증오할 수가 없더라는 것이지요. 오히려 이리저리 휩쓸려 상처받는 인생들이 어찌 그들뿐이겠느냐는 퍽 너그러운 연민마저 생겨나더군요. 제 영혼에 각인된 테루아가 있는 것처럼 그들도 자신의 영혼에 각자의 테루아를 새기고 있는 것 아니겠습니까? 그러고 보면 저 또한 그들과 무엇이 다르겠습니까? 저 역시 예기치 못하게 여기까지 흘러온 걸요. 그들이 자신들의 굴욕에 무감해져왔듯 저 또한 제가 겪은 굴욕에 익숙해지기까지 했지요. 게다가 와인으로서는 치명적이게도 저는 본성을 잃어버린 것이 분명합니다. 이미 변질된 정체성으로 더 이상 무엇을 고수할 수 있을까요. 저는 타협이 왜 합리적인지 드디어 알게 되었습니다.

자, 제 이야기는 여기까지입니다. 이야기를 하다 보니 싱크대에서의 나날이 더 이상은 고통스럽지 않게 느껴지는군요. 잠시만 기다리면 다시 세상으로 나가게 될 테니까요. 그 우악스런 남자의 손길에 거머채여 자동차에 팽개쳐지겠지요. 그런 다음 어느 술집으로, 어느 음식점으로, 또 다른 어떤 곳으로 건너다니겠지요. 그러다 운이 좋으면 언젠가는 저의 진가를 알아줄 주인에게 인도될 수도 있지 않겠습니까? 어쩌면 끝끝내 그런 날이 오지 않는 편이 나을지도 모릅니다. 제 자랑스러운 미감과 향의 변질을 굳이 확인하는 것은 그리 유쾌한 일이 아닐 테니까요. 그런 날만 오지 않는다면 제 몸값은 변함없을 테니까요. 저는 최후의 순간까지 백 년의 세월을 품은 와인 르 파비용의 자부심으로 이 굴욕적인 생을 견뎌볼 작정입니다. 마지막으로 묻습니다. 당신은 어떻습니까?

삐이유우우웅

백은 얼마 전까지만 해도 백 서방으로 불리었다. 병실에 오고 나서 처음에는 물이라 불리었고, 이틀 지나고 나서부터는 주로 똥이라 불린다. 방금도 준자 씨가 백을 불렀다. 똥……날이 채 밝기도 전 준자 씨의 똥이 먼저 시작되었다. 길고 부산한 병실의 밤이 지나는 동안에도 준자 씨는 백을 두 번 불렀고.

백은 병실에 투입되고 나서 매일 후회했다. 그때 미영의 말에 강력하게 반박하지 못하고 주섬주섬 짐을 싸는 게 아니었다.

내가?

노는 사람이 당신밖에 더 있어?

미영은 가끔 정나미 떨어지도록 정확한 말을 구사했다. 그날도 그랬다. 미영과 백, 미영의 언니 은영과 그 남편인 정, 미영의 오빠 정영과 그 아내인 심 중 가장 젊은 사람은 백이었는데—미영이 백보다 한 살 많아서 결혼할 때 백의 아버지가 석달 넘게 반대했다—그만 유일하게 일자리가 없었다. 전에는 있었다. 그때는 미영이 일자리 없는 사람이었고. 과거는 흘러갔고 중요한 건 현재였다.

남 주느니 당신 준다잖아. 간병비.

얼만데?

얼마면?

얼마가 됐건 한 푼도 못 버는 처지에서 액수를 따질 계제가 아니었다. 백은 그날로 캐리어 하나를 끌고 미영의 고향으로 내려왔다. 준자 씨 집에는 들르지도 못하고 바로 병실로 왔다. 들를 필요가 없었다. 어, 왔어요? 하면 다 하게 돼 있어. 모르는 건 간호사한테 물어도 되고 저기 간병인 양반한테 물어도 되고. 은영은 백이 병실에 들어서자마자 그 말만 남기고 총총 떠났다. 은영은 탁구선수 출신인 정과 함께 스포츠용품 가게를 했다. 오래된 시민운동장 상가에 제대로 자리를 잡아 경기가 있는 날은 강아지 손이라도 빌리고 싶다고 했지만 사는 형편을 보면 그 말을 다 믿기는 어려웠다. 미영이 슬몃 흘린 말로는 정은 주로 탁구 동호회에서 레슨을 하고 가게는 은영이 지킨다고 했으니.

백은 아들 많은 집의 가운데로 태어났다. 저 먹을 건 타고난다는 어른들 신념에 따라 태평하게 태어난 넷째 아들이었다. 그 때문인지 자라면서 별 기대를 받지 않았는데 다르게 말하자면 큰 부담감 없이 자유롭게 살아도 된다는 뜻이었다. 백이 중학교에 들어간 해였나, 한번은 가족들이 다 같이 바닷가에 휴가를 간 적이 있었다. 백은 그다지 내키지 않아 안 가겠다고 선언했다. 아버지는 설득해보려고도 않고 그래? 그럼 집에 있어, 밥이나 잘 챙겨 먹고, 라고 말했다. 일곱 식구는 뒤도 안 돌아보고 떠났다. 수박까지 넣어 얼음을 채운 아이스박스는 형들이 들었다. 남동생은 수박 모양 비치 볼을 옆구리에 꼈고 엄마와 여동생은 커다란 챙 모자에 원피스 차림이었다. 냉장고에 남은 게 별로 없어서 백은 라면도 끓여 먹고 빵도 사다 먹으면서 사흘을 혼자 뒹굴었다. 친구를 만나 적당히 놀고, 번화가에도 하루 나가서 놀고. 그런 식으로 백은 공부도 적당히, 운동도 적당히, 뭐든 적당히 했다. 중고등학교 때는 적당히 남들 눈도 속여봤고 동시상영 극장에 슬쩍슬쩍 다니기도 했다. 아무에게도 큰 해를 끼치지 않는 평범한 소년이었다. 몰래 술, 담배는 해봤지만 문제를 일으킨 적은 없었다. 그 결과 무난한 대학에 입학했고 무난한 학점으로 졸업했다. 졸업 학기에는 꽤 탄탄한 중견 기업에 무난히 입사해서 명퇴당할 때까지 한 달도 빠지지 않고 월급을 받아왔다.

미영과는 이 년쯤 사귀다 결혼했다. 결혼한 선배가 아내의 친구를 소개해줬다. 그때는 대체로 취업 후에 만난 이성과는 자연스럽게 결혼하거나 아니면 신속하게 헤어지는 풍토여서 백도 별 갈등 없이 결혼까지 갔다. 따지고 보면 큰 재미는 없는 인생이었다. 동시에 부침도 별로 없는 인생이었는데 최근에 드디어 그 '침'이란 걸 겪는 중이었다. 집 밖에서 시작된 그것은 바로 집 안에서도 효력을 발휘했다. 백이 월급을 받아오지 않게 되면서 미영은 곧바로 백이 현실을 절감하게 만들었다. 백이 월급을 받아왔더라면 오늘 이 병실에는 백이 아니라 미영이 있었을 게 아닌가. 자기 엄마의 기저귀를 갈고 밥을 먹이고 보호자 침상에 쪼그려 자면서 말이다. 백에게는 발목이 덩그러니 삐져나오는 침상도 미영에게는 여유로울 테고.

백은 시트 바깥으로 비죽 내민 발을 거두며 일어나 앉았다. 준자 씨가 다시 백을 불렀기 때문이다. 똥.

둘둘 말아 비닐 봉투에 넣은 기저귀를 오물처리실로 들고 가던 백은 폴대에 걸려 넘어질 뻔했다. 누군가 복도에 어정쩡하게 세워둔 거였다. 병실 복도는 환자들이 벽을 따라 보행 운동을 하는 곳이라 폴대나 휠체어는 정해진 곳에 둬야 했다. 곧 치울 생각이었든 무심하게 방치했든 그건 중요하지 않았다. 백이 넘어지지 않으려고 균형을 잡는 사이 놓쳐버린 비닐 봉투가 재앙이란 사실만 중요했다. 아니다. 봉투를 탈출하며 펼쳐진 기저귀가 원흉이었다. 기저귀는 하필 변이 묻은 쪽이 바닥을 향했다. 묽은 변이 병원 복도에 철퍼덕 내동댕이쳐졌다. 젠장, 긴 하루가 이렇게 시작되는구나. 백은 주변을 살폈다. 병실 두 개를 건너뛴 곳에서 보호자 한 명이 물끄러미 백을 보고 있었다. 아이고. 칠십은 되어 보이는 그녀가 혀를 차며 혼잣말을 한 것 같기도 했다. 백은 그이의 시선을 의식하며 기저귀를 다시 말아 비닐 봉투에 넣었다. 오물처리실에 가 봉투를 버리고 나올 때까지도 그이는 자리를 뜨지 않고 있었다. 백이 병실로 가서 물티슈와 두루마리 휴지를 들고 와 바닥을 말끔하게 닦는 것을 확인하고서야 병실로 들어갔다. 백은 병실로 가는 대신 반대편으로 가 엘리베이터를 탔다.

잠시 바람을 쐬러 나온 길에 분홍을 또 보았다. 분홍색 바람막이에 삼선슬리퍼 차림의 분홍을 본 게 세 번이었나, 네 번이었나. 정맥이 붉거진 맨발이 오스스해 보였다. 흡연 구역은 한 면이 트이고 세 면은 칸막이를 세워놓은 야외였다. 벤치가 삼면에 있었고 한구석에 커피와 음료 자판기가 설치되어 있었다. 분홍이 앉는 자리는 벤치와 커다란 재떨이 사이였다. 분홍은 바닥에 쭈그리고 앉아 담배를 손가락 사이에 끼운 채 핸드폰 화면을 바쁘게 터치하고 있었다. 뽕뽕 뾰로롱 하는 기계음이 연이어 터지다가 삐이유우우웅 하며 하강을 그리는 소리가 났다. 분홍은 담배를 한 모금 깊이 빨고는 어딘가로 전화를 걸었다.

　나야. 어. 어. 아니. 뭐? 누가 불쌍하다고? 개 같은 소리 하고 자빠졌네. 내가 불쌍하지, 어? 그 새끼가 불쌍하냐? 뭐? 곧 죽어? 야, 야, 모르는 거야. 내가 오늘이라도 콱 죽는 수가 있다고. 보험? 누구 좋으라고 보험을 들어. 나는 그냥 콱 죽을 거야. 질질 안 끈다고. 좆같은 인생 뭐 하러 끌어, 끌기는.

　친군가? 형제나 자매? 설마 남편? 백은 좀 부러웠다. 남편이라면 더 부러울 것 같았다. 백도 미영에게 저렇게 시원하게 욕을 쏟아내고 싶을 때가 많았기 때문이다. 꼭 미영이 아니더라도. 그런데 환자는 누구일까? 부모는 아닐 것 같고, 설마 남편? 알지도 못하면서 백은 기분이 복잡해졌다.

　전화를 끊은 분홍이 바닥과 재떨이에 침을 퉤퉤 뱉고 자리를 떴다. 분홍이 멀어진 것을 확인한 백은 조용히 중얼거려봤다. 씨발. 씹새끼. 좆같이. 씨발. 씹새끼. 좆같이. 두 번 하고 나니 다른 욕이 떠오르지 않았다. 환자복을 입은 중년 남자가 폴대를 밀며 흡연 구역으로 들어섰다. 백은 얼른 담배를 비벼 *끄고* 밖으로 나왔다.

　이 병원은 이번이 두번째였다. 병원 건물은 처음 왔을 때와 별다르지 않았다. 그때는 없었던 편의점과 커피숍이 생긴 게 가장 큰 변화였고 큰 틀은 거의 그대로인 것 같았다. 이십 년이 넘게 지났으니 의자라든가 조명 같은 인테리어는 모두 바뀌었을 것이다. 처음 온 건 첫 아이를 출산한 후였다. 미영은 예정일을 2주 남기고 세 시간 넘게 기차를 타고 준자 씨에게 왔다. 그때는 KTX나 SRT가 없어서 그렇게 걸렸다. 2주면 가다가 낳지는 않을 거라고 둘은 농담을 했다. 진통이 와도 초산이니 시간은 충분할 거라며 호기를 부리기도 했다. 병원을 옮기고 초음파를 찍었을 때 처음으로 미영의 꼬리뼈가 안으로 말려 있다는 소리를 들었다. 아이를 너무 키우면 안 됩니다. 아이가 나오다 꼬리뼈를 치면 부러져요. 깁스도 안 되고 대소변 다 받아내야 해요. 작게 낳아 크게 키우세요. 그럼 출산 때 봅시다. 몸을 좀 움직이시고. 미영이 들은 말을 전화기에 대고 그대로 전했다. 그러니까 그때 백은 동행하지 않았다는 뜻이다. 아이를 낳은 것도 아니고 낳으러 가는 데까지 같이 갈 필요가 있냐고 했던 건데 그때만 해도 그게 통하던 시절이었다. 백은 전화에 대고 의사의 목소리까지 흉내 내는 미영이 농담을 하는 줄 알고 응응, 하며 대수롭지 않게 반응하다가 한 소리 세게 듣고 말았다. 내가 지금 남의 애 낳니? 자기 꼬리뼈 아니라고 별 걱정도 안 되지? 끊어!

그러고 나서 일주일 만에 미영은 아이를 낳았다. 뱃속에서 너무 키우면 안 된다는 말에 미영은 날마다 집 청소를 했고 아파트 단지를 열 바퀴씩 돌았다. 준자 씨는 가게에 나가야 했기 때문에 미영이 아버지와 할머니 밥도 차렸다. 할머니는 하필

그즈음 큰집 보일러 수리 때문에 작은집인 미영의 친정에 와 있었는데 거동이 힘들어 밥상을 따로 차려야 했다. 작은 밥상을 바닥에 놓고 허리를 구부리면서 상을 차리고 그걸 번쩍 들어서 할머니 앞에 갖다 놓기를 일주일 하고 나자 밤중에 양수가 터졌다.

나 지금 병원에 가는 길이야. 바로 내려와. 미영은 그렇게 말하려고 집에 전화를 걸었다. 두 번 걸어서 열 번 넘게 신호음이 울릴 때까지 인내심을 발휘했으나 받지 않았다. 미영은 한숨을 쉬며 백의 회사에 전화를 걸면서도 큰 기대는 안 했다. 설마 이 시간까지 야근일까, 어디서 술이나 푸고 있겠지, 하는데 백이 바로 전화를 받았다. 그랬다고 미영이 한 백 번은 그때 상황을 되풀이해서 말했다. 응? 응, 응. 지금은 차가 없을 거야. 내일 갈게. 근데 내일은 오전에 피티가 있어. 뭐? 피티? 지금 피티가 문제야? 다른 사람한테 미루고 와. 다른 사람이 없어. 오늘 밤샐 거 같아. 내가 다시 전화할게. 백이 속삭이듯 재빨리 말하고 전화기를 내려놓았다. 미친 거 아냐? 미영의 소리가 수화기를 타는 순간 전화가 끊겼다.

그때를 생각하면 백은 두고두고 억울했다. 미영은 미영대로 분했겠지만 백도 백대로 할 말이 있었다. 네가 애를 낳느냐는 꼴통 사수의 눈치도 봐야 했고, 한 달 넘게 준비한 피티의 공을 남에게 홀랑 뺏기고 싶지도 않았다. 무엇보다 피티가 끝나자마자 백은 클라이언트사 옆의 터미널로 달려가 바로 버스를 탔고 그 직전에 꽃도 한 다발 샀던 것이다. 재수 없게 버스가 고속도로에서 펑크가 나지만 않았더라도 해 지기 전에 병원에 도착했을 텐데. 녹초가 된 백이 병원에 도착했을 땐 이미 어두워진 후라 준자 씨는 입을 일자로 다물고 바로 집으로 돌아가버렸고 미영은 이불을 뒤집어쓴 채 질질 짰다.

어제 아침 백은 준자 씨 병실이 그때 미영이 입원했던 병실과 같은 층이라는 걸 알았다. 아래층에 내려갔다 올라오면서 무심코 반대편 병동 출입문으로 들어서는 바람에 알게 되었다. 엘리베이터에서 내리면 좌우에 똑같은 유리문이 쌍둥이처럼 설치되어 있는데 반대편 문이 열리기에 생각 없이 들어간 거였다. 준자 씨 쪽 병동과 달리 그쪽은 병실이 많지 않았다. 구조도 확연히 달랐고. 준자 씨 병동은 가운데에 간호 스테이션을 끼고 일자로 길게 복도가 나 있고 양쪽에 병실이 각각 열 개도 넘게 있었다. 반대쪽은 복도가 이어지다 꺾이면서 막다른 곳이 나왔다. 출입문 위에 안내표지가 설치되어 있었다. 분만 대기실, 분만실. 산부인과 병동이었다. 백은 순식간에 과거로 내동댕이쳐진 느낌에 어찔했다. 그때도 여기였나? 오래전이기도 했지만 정신없이 병실을 찾아와 미영과 아이를 보고 나선 보호자 침상에서 곯아떨어졌던 터라 확신할 수 없었다. 백은 누가 볼까 눈치를 살피며 주변을 기웃거렸다. 누가 보면 어떻다고 지레 쑥스러웠다. 그때와 달리 이젠 영락없이 막 할아버지가 된 사람으로 오해를 받을 나이였다. 그런 생각이 들자 공연히 히죽거리게 되었다. 아니, 아직은 너무 이르지. 백은 혼자 이랬다 저랬다 하는 게 웃겨서 흐흐흐 웃었다.

아무도 보이지 않아 이상했다. 분만 대기실로 통하는 입구가 블랙홀처럼 이것저것 다 집어삼킬 것 같기도 해 조금 오싹해졌다. 아이를 안 낳는다더니 정말인가 보다 싶었다. 그래도 전반적인 기분은 묘하게 뜨뜻했다. 첫 아이를 낳은 곳이니만큼 별수 없이 감상에 빠져들었다. 하지만 지금은 늦게 온 사위에게 눈을 흘기던 준자 씨가 저쪽 병동에 누워 아랫도리마저 자신에게 맡기고 있지 않나. 백은 눈물이 찔끔 나왔다. 손등으로 눈을 벅벅 문지르며 몸을 돌렸다.

어데를 자꾸 나갔다 옵니꺼? 방금 교수님 왔다 갔데이.

옆 병상 간병인이 백에게 퉁을 주었다. 의료대란 때문인지 드라마와 달리 회진 때는 달랑 교수 혼자 불쑥 들어왔다가 바람처럼 사라지곤 했는데 시간도 들쭉날쭉했다. 그때마다 백은 손 빠른 마술사를 떠올렸다.

뭐라고 했어요?

뭐, 보호자가 없어 그런지 아무 말 안 하고 가던데. 간호사한테 물어보든가요.

간호 스테이션에는 아무도 없었다. 나중에 물어볼 생각으로 돌아서는데 은영이 보였다. 은영은 양손에 가방을 들고 유리문 안쪽을 살피다 백과 눈이 마주치자 백 서방, 문, 문, 이라고 입 모양으로 말했다. 문을 열어주자 은영은 턱으로 스테이션을 가리키며 아무도 없어서 잘됐다고 얼른 속닥거렸다. 면회 시간에는 내가 못 와. 넘겨받은 가방은 보기보다 묵직했다. 뭐가 이렇게 무거워요? 갈비탕이랑 식혜 좀 했어. 바쁜데 뭐 하려요. 은영이 백을 보지도 않고 말했다. 백 서방은 입 아닌가.

엄마, 엄마 나 왔어. 엄마 큰딸 왔어요.

준자 씨가 입을 꾹 다물고 못 본 척했다. 준자 씨는 그렇게 기운이 없으면서도 가끔 그런 식으로 서운한 내색을 했다. 백에게는 별 표시를 내지 않았지만 은영이 오거나 미영과 영상통화를 하면 그런 표정을 지었다. 미영은 아무렇지 않은 얼굴로 사위도 자식인데 왜 그러냐고 달렸다. 딸이 보고 싶은 거라고 옆 병상 간병인이 한번은 끼어들었다. 백은 아무 말 안 했다. 이런 사위가 조선 천지 어디 있느냐고 간병인이 너스레를 떨어도 준자 씨는 표정을 풀지 않았고 미영은 들었으면서도 못 들은 척했다. 미영이 준자 씨 딸이 맞구나, 백은 속으로만 말했다.

은영은 준자 씨가 그러거나 말거나 가방에서 갈비탕과 식혜를 꺼내 냉장고에 넣었다. 사과 두 개와 배 하나도 꺼냈다. 오렌지도 세 개 나왔다.

깎아서 백 서방 먹고 엄마도 드리고. 오렌지는 어떻게 까는지 알아?

간병인이 한소리 거들고 싶은 눈으로 이쪽을 넘겨다보았다. 백의 대답을 기다리는 건 간병인이었고 은영은 답은 아무래도 상관없다는 듯 준자 씨와 다시 눈을 맞췄다.

백은 사실 오렌지뿐 아니라 사과나 배도 잘 못 깎았다. 칼만 들면 손이 부들부들 떨렸다. 자식 많은 집 가운데로 태어난 아이가 예쁘게 깎아놓은 과일을 먹을 기회는 드물었다. 사과나 배도 궤짝으로, 귤도 궤짝으로 들여 마루 귀퉁이에 놔두면 아이들은 오며가며 하나씩 꺼내 소맷자락으로 쓱 닦은 다음 통째 베어 먹었다. 형들은 좀 깎을 줄 아나, 깎아 먹는 과일을 언제 먹고 못 먹었지, 같은 생각이 따라왔다. 요즘은 귤이나 바나나, 포도 같은 과일을 주로 먹었고 칼을 대는 건 수박이 유일했다. 수박은 깎는 솜씨가 필요하지 않아서 백은 가끔 힘을 쓰기도 했다.

엄마, 오늘은 좀 나아요? 이제 얼른 나아서 집에 가야지.

못 간다……

준자 씨가 힘없이 말했다.

못 가긴. 가야지. 갈 수 있어요.

백은 은영이 그냥 하는 말인지 참말로 하는 말인지 판단이 안 됐다. 준자 씨가 정말 집으로 갈 수는 있을지 백은 그런 가늠이 안 섰다. 환자를 돌보는 게 처음이었고, 몸이 여기 와 있

을 뿐 준자 씨의 향후 거취 같은 건 백이 결정할 일이 아니었
다. 그럼 누가 결정하나? 처형이나 미영이 결정하나? 아니면
처남이? 처남은 여기 와서 아직 얼굴도 못 봤는데. 백이 오기
전 중환자실에서 입원실로 옮긴 날 다녀간 후로 처남은 아직이
었다.

엄마, 그럼 나 가. 또 올게.

은영은 십 분도 안 돼서 떠났다. 백은 엘리베이터까지 따라
나갔다.

그럼 백 서방 수고해. 잘 챙겨 먹고.

은영이 떠나자 백은 안도의 한숨이 푹 나왔다. 회진 때 뭐라
고 했는지 물을까 봐 조마조마했기 때문이다. 전날 회진 때는
아주 조금 수치가 좋아졌다고 했다. 하지만 백이 보기에는 그
다지 나아 보이지도 않았다. 기침은 좀 잦아들었지만 여전히
한번 시작하면 거푸 몇 번씩 했고 기침 끝에 뱉어낸 가래는 카
키색 덩어리였다. 첫날 뱉은 가래가 썰어놓은 해삼 같았던 걸
생각하면 더디나마 낫긴 낫는 중인가 보다 했다.

준자 씨는 여든이 넘어가면서 부쩍 기운이 달린다고 틈만 나
면 하소연했다. 백에게 직접 하지는 않았고 미영이 가끔 툭툭
던지듯 말을 전했다. 그놈의 인테리어만 안 했어도 *쌩쌩했을
걸*. 미영은 팔순 잔치 대신 인테리어를 해달라는 준자 씨 요구
에 입을 딱 벌렸다. 비용이 열 배야, 열 배. 어디 뷔페나 한번

가고 용돈 좀 드리면 될 일을 세상에, 욕실이랑 마룻바닥, 도배, 싱크대까지 다 하면 아무리 작은 아파트라도 그게 얼마겠어. 열 배는 든다고. 누가 다 내라고. 나는 못 내. 우리가 돈이 어딨어. 그 돈을 내라면 백은 두말 않고 낼 생각이었다. 미영이 모아둔 돈이 있어 그 돈으로 내면 더 좋았겠지만 미영은 그럴 생각이 없어 보였다. 미영의 돈주머니는 들어가기만 하고 나오지는 않는 일방통행로였다.

결국 인테리어는 유야무야되나 보다 했더니 웬걸, 한번은 미영이 준자 씨 집에 같이 가자고 우겨서 따라나섰더니 인테리어 잡지에라도 나올 만큼 집이 멀끔해져 있었다. 대신 준자 씨가 어깨에 암슬링을 걸치고 왼팔을 집어넣은 모습이었고. 싱크대 그릇 뺐다 넣었다 많이 해서 저렇게 됐대. 노인이 웬 욕심이야. 미영은 그렇게 말하면서 욕실 문을 열었다. 예쁘네. 이거 아까워서 울 엄마 백 살까지 살아야겠네. 아주 저주를 해라, 이노무 가시나. 아, 왜! 백세시대잖아! 못 살 건 뭐야. 정 그러면 구십구 세까지만 사셔. 미영은 얄밉게도 굴었다. 그런데 준자 씨는 그 말이 좋았는지 배시시 웃었다. 미영도 키득거리더니 베란다로 나갔다. 창틀 색깔 괜찮네? 엄마가 골랐어? 아니, 은영이가. 언니가 웬일이래. 세련된 걸로 했네. 미영은 꼭 그런 식으로 은영의 미적 감각을 깎아내리곤 했다. 백은 그럴 때마다 조마조마했다. 정작 당사자는 아무렇지 않은 듯, 가시나, 서울깍

쟁이 다 됐다, 한마디 하고 말았다. 그래도 백은 아슬아슬했다. 경상도 사람들 대화는 싸우는 거 같아도 일상적인 거라더니 수십 년째 적응이 안 됐다.

은영이 없어서 재미가 덜했는지 미영은 짧게 하고 말았다. 빨래는 누가 널고? 누가 널긴. 내가 널었지. 미영이 수건 끝부분을 만져보더니 빨래를 걷기 시작했다. 다 말랐네. 아침에 넌 거야? 응? 준자 씨는 뭔가 골똘히 생각하는 듯하더니 금방 응응, 하고 답했다. 미영이 걷은 빨래를 거실로 던져 넣고 마저 걷었다. 뭐가 이렇게 많아. 팔도 시원찮으면서 이불 빨래까지. 미영은 투덜거리며 들어와 거실 바닥에 주저앉아 빨래를 갰다. 백은 엉거주춤 서 있다가 슬며시 소파에 가서 앉았다. 강화마루네. 딱딱해서 노인들한테는 별론데. 넘어지지를 마셔, 응? 큰일 나.

미영은 인테리어 공사에 결사반대했던 사람답지 않게 개킨 빨래를 집어넣으면서 여기저기 다시 둘러보았다. 백은 내내 강력한 궁금증에 사로잡혀 있었다. 얼마나 들었고 누가 감당했을까, 하는. 궁금증은 한번 솟구치자 이내 가지를 쳤다. 은영과 정영은 얼마를 냈을까? 미영은 결국 돈을 보탰을까? 얼마나 보탰을까? 사실 그 이야기를 처음 들었을 때는 미영 모르게 얼마간 보탤까 하는 생각도 했었다. 그러다 곧 잊어버렸는데 후속 소식을 미영이 전하지 않았기 때문이다. 몇백 정도라면 눈

한번 질끈 감으면 되는 거였다. 그 돈 있다고 인생이 달라지는 것도 아니고 어쨌거나 그때는 월급을 받고 있었으니까. 게다가 미영에게 조금은 모아둔 돈이 있을 거라고 막연히 믿고 있었으니까. 곧 월급이 끊어질 줄도, 미영에게 모아둔 돈은커녕 소소한 빚이 있는 줄도 몰랐다. 퇴직을 당한 후 빚에 대해 처음 안 백은 적잖이 충격을 받았다. 다 먹고살자고 진 빚이야. 미영이 너무 당당하게 나와 백은 도리어 거북이 목처럼 움츠러들었다. 그 짧은 말에 내포된 원망이 느껴졌기 때문이다.

백은 혼절하듯 누워 있는 준자 씨를 물끄러미 내려다보았다. 그때의 준자 씨는 여든 살이었고 지금은 여든두 살. 겨우 이 년 사이 준자 씨는 말 그대로 폭삭 늙어 있었다. 병상에 누우면 나도 폭삭 늙어 보일까? 폭삭은 아니겠지. 조금 더 늙어 보이겠지. 여든둘이면 수영도 다니고 쇼핑도 다니고 무슨 댄스를 배우러 다니는 할머니도 있던데 준자 씨는 운이 나빴다. 약을 먹어도 낫지 않고 기침과 열이 심해지더니 까부라질 지경이 돼서야 은영에게 털어놓았다고 했다. 은영은 가게 셔터를 내리고 버스를 타러 가면서 안부 전화를 했다가 택시를 잡아탔다. 식탁에 먹다 만 밥이랑 반찬이 그대로 있더래. 그게 저녁인지 점심인지도 모르겠더래. 바로 구급차 불러서 응급실로 갔다가 중환자실 들어간 거지. 연세가 있으니까. 미영이 전해 들은 이야기를 백에게 전했다. 폐렴이었고 신장이 급격히 나빠졌다. 알고 보니 준자 씨는 통풍도 있었다. 통풍은 미영도 몰랐다고 했다. 엄마도 참. 미영은 화를 냈다.

소변 주머니가 얼마나 찼나, 하고 백은 쭈그리고 앉아 눈금을 유심히 살폈다. 그래도 고비를 넘긴 후로는 소변이 원활하게 나오는 듯했다. 색깔도 눈에 띄게 연해졌다. 물을 많이 마시게 하는 게 좋은지 덜 마시게 하는 게 좋은지 아무도 속 시원한 답을 해주지 않았다. 물 많이 드시면 좋죠. 억지로 너무 많이 드시지는 말고요. 그게 어느 정도를 말하는지 콕 집어 양을 말해주면 좋을 텐데. 병실에 있다 보면 백 자신도 물을 너무 안 마시는 게 아닌가 싶었다. 준자 씨는 빨대가 달린 물병을 대주면 한 모금 겨우 마시고 고개를 돌렸다. 그나마 아침 식후 약이 열 알이 넘어 그때는 이백 시시 넘게 마셨다. 혼자 생각에 아무래도 마시는 양보다 소변량이 더 많은 것 같았다. 그게 좋은 건지 나쁜 건지도 모르겠고.

뜨거운 아메리카노를 한잔 마시고 싶어 일층 카페로 갔다. 막 주문을 하려는데 젊은 사람이 뒤에 와서 서기에 슬쩍 비켜줬다. 먼저 하세요. 아니에요, 하세요. 백은 손을 내저으며 한 발 더 물러났다. 키오스크를 못 다루지는 않았지만 뒤에 누가 서 있으면 조급증이 일어 손에 땀이 났다. 그러다 엉뚱한 음료를 주문한 적도 있었다. 키오스크는 가게마다 디자인이 달라서 화면 구성과 넘어가는 순서에 적응하기가 쉽지 않았다. 백은 천천히 점검하고 신중하게 터치하는 편이었다. 청년은 오른손 손가락 세 개로 피아노 치듯 화면을 눌러 재빠르게 주문을 끝냈다. 백은 어제도 마셨던 아메리카노를 주문하면서 집게손가락으로 신중하게 화면을 짚었다. 청년의 세 배 정도는 시간이 걸린 것 같았다.

커피를 들고 흡연 구역으로 갔다. 멀리서도 분홍이 눈에 띄었다. 분홍은 누군가와 통화를 하고 있었는데 통화 중에 바닥에 침을 뱉었다. 벤치에 앉아 있던 젊은 남자가 그 모습을 보고는 얼굴을 찡그렸다. 남자는 흰색 와이셔츠에 양복바지를 입고 있었다. 제약회사 영업사원이 아닐까 백은 혼자 짐작해보곤, 제약회사 직원의 가족이나 지인이 입원하지 말라는 법도 없지, 하고 생각을 바꿨다. 아니면 반차를 내고 진료를 받으러 왔을 수도 있겠다고도 생각했다. 병이 사람 가리는 것도 아닐 테고.

아직도 안 죽네. 몰라. 갑자기 또 좋아지는 거 같더라고. 질기기는 아주 쇠심줄이다, 염병. 뭐 하나 질기게 하는 걸 못 봤구만 죽을 때만 질겨. 참, 나 어이없네. 뭐? 다행? 누가 다행이야? 내가 다행이냐? 내가 지금 일도 못 가, 돈을 못 번다고. 빚은 언제 다 갚냐고, 존나 많다고! 내가 빚이 남부럽지 않게 많다니까! 알어? 내가 먼저 죽어야 되는데 저 새끼가 선수 치네. 썅!

분홍은 꽁초를 비벼 끄지도 않고 재떨이에 팽개친 다음 머리를 벅벅 긁으며 슬리퍼를 끌고 사라졌다. 젊은 남자가 입가를 일그러뜨리며 그 모습을 눈으로 좇았다. 백은 담배를 꺼내 물고 분홍이 앉았던 자리에 똑같은 자세로 쭈그려 앉았다. 대형 재떨이가 너무 높아서 재를 바닥에 털어냈다. 분홍도 그랬다. 분홍이 했던 욕을 작은 소리로 따라 해봤다. 존나. 염병. 썅. 그러고는 뒤를 돌아보았다. 젊은 남자와 눈이 마주쳤다. 젊은 남자는 갑자기 당했다는 표정으로 어색하게 눈길을 돌렸다. 백도 고개를 원위치로 돌렸다. 존나. 염병. 썅. 한 번 더 분홍의 욕을 따라 했다. 이번에는 조금 더 큰 소리로 할 수 있었다. 되네. 쿡쿡 웃음이 났다. 분홍처럼 바닥에 침도 뱉었다. 침을 뱉으면서 보니 발톱에 멍이 들어 거무스름했다. 이틀 전 복도에서 폴대에 걸렸을 때 든 것 같았다. 검지로 꾹 눌러봤다. 하나도 안 아팠다. 뭐, 빠지진 않겠지. 빠져도 그만이고.

백은 어릴 때부터 통증을 잘 못 느꼈다. 대문 위 장독대에서 마당으로 뛰어내리려다 미끄러져 그대로 떨어진 적이 있는데 무릎과 팔꿈치가 쓸려 피가 났다. 수돗가에서 씻고 머큐로크롬을 찾아서 발랐다. 아들 많은 집에서 그 정도로는 관심 갖는 가족이 없었다. 그러고 나서 골목에서 캐치볼을 하는데 던지면 엉뚱한 데로 날아가고 받을 때는 번번이 놓쳤다. 친구가 욕을 했다. 백은 풀이 죽어 금방 집으로 돌아왔다. 저녁이 되자 팔이 눈에 띄게 부었다. 긴팔 옷을 꺼내 입고 밥을 먹었다. 국물을 뜨다가 다 흘리고, 젓가락으로 반찬을 집는데 잘 안 집혔다. 흘리지 좀 마. 다 큰 게 흘리고 그래. 창피하게. 엄마가 대수롭지 않다는 표정으로 면박을 주었다. 백은 갑자기 겁이 덜컥 나서 눈물을 뚝뚝 떨궜다. 사내자식이 밥상머리에서 왜 울어. 그럴 거면 밥 먹지 마. 아버지가 눈을 부릅떴다. 백은 우물쭈물하다가 일어났다. 마저 먹어, 이놈아. 아버지가 웃음을 참으면서 말했다. 백은 눈물이 왈칵왈칵 솟아나서 엉엉 울고 말았다. 이리 와서 앉아. 아버지가 백을 끌어 앉히려고 오른팔을 잡았다. 백은 몸을 비틀어 팔을 빼려고 했다. 뭐야, 왜 이래! 아버지가 긴 소매를 걷어 올려보고는 숟가락을 소리 나게 내려놓았다. 팔은 그새 더 부어 있었다. 깁스를 두 달 했다. 뭐가 잘못됐는지 그 팔은 팔꿈치에서부터 삐뚜름하게 붙었다. 백은 그게 부끄러워서 여름교복 입을 때가 아니면 내내 긴팔을 입었다.

어른이 되고 나서 아무도 자기 팔이 삐뚜름한 데에 관심이 없다는 걸 알게 되었다. 이거 봐. 나, 사실은 팔이 삐뚜름해졌어. 어릴 때 부러졌는데 이렇게 붙어버렸네. 백이 정색을 하고 고백하자 미영은 백의 팔을 붙잡고 자세히 봤다. 백은 긴장해서 침을 꼴깍 삼켰다. 그러네. 팔굽혀펴기 같은 건 할 수 있어? 그럼! 삼십 개는 해! 많이 하는 건가? 나는 한 개도 못하는데. 그러더니 미영은 주말에 우리 무슨 영화 볼까? 하고 해맑게 웃었다. 백은 그때 결심했다. 미영과 결혼해야지. 결혼하면 매주 같이 영화관에 가야지. 막상 결혼하고 나서는 애들 데리고 어린이 영화 보러 간 거 말고는 몇 번 못 갔다. 미영도 가자는 말을 안 했다. 백은 가끔 그게 서운하기도 했지만 주말이 되면 소파에 누워 못 일어났다. 팔굽혀펴기는 원래도 스무 개를 못했고 나중에는 열 개도 겨우 했다. 그래도 언제부턴가 반팔 티셔츠를 입는 사람이 되었다.

핸드폰이 찡, 하고 울렸다. 미영의 메시지였다. 돈 들어왔어? 무슨 돈? 간병비 안 들어왔어? 보낸다고 했는데. 백은 얼마나 들어왔을까, 잔뜩 기대하면서 병원 로비의 ATM 기기에 카드를 꽂았다. 안 들어왔어. 미영에게 바로 메시지를 보냈다. 미영은 읽고도 답이 없었다. 백도 내심 궁금했다. 언제 돈이 들어올지, 얼마나 들어올지. 돈 생각이 날 때마다 백은 혼자 고개를 저으며 죄책감에 사로잡혔다. 하루에도 몇 번씩 같은 생각을 하면서 백은 자신이 한심하게 여겨졌다. 그런데 막상 아무 변화 없는 통장 잔고를 보니 슬그머니 섭섭한 마음이 들었다.

병실 냉장고는 작았다. 그래도 찬찬히 보면 뭐가 많았다. 저녁 식사 후에 제공되는 당뇨빵과 우유가 고스란히 몇 개씩 남아 있었다. 백은 전날 밤에 출출해서 당뇨빵을 꺼내 한입 씹어 먹다가 삼키지 않고 뱉었다. 준자 씨는 그런 맛을 두고 '니 맛도 내 맛도 없다'라고 흉을 보곤 했다. 미영도 그대로 배웠는지 식당에 가서는 주인 몰래 소곤거렸다. 니 맛도 내 맛도 없어.

뭐 좀 드릴라꼬?

옆 병상 간병인이 불쑥 끼어들었다.

노인들은 배가 낫다. 시원하이 배는 좀 잡술 끼라요. 칼 있어요?

간병인은 답도 듣지 않고 서랍에서 과도를 꺼내 내밀었다. 백은 꾸벅 고개를 숙이면서 과도를 받아들고 배를 하나 꺼냈다. 간병인은 작은 쟁반도 하나 건네주었다.

깎을 줄은 아나, 어데 함 보자.

나이가 몇인데요.

그렇게 방어를 해놓고 백은 간병인이 볼까 봐 돌아앉아 무릎에 쟁반을 놓았다. 준자 씨가 희미하게 웃을락 말락 했다. 손에 자꾸 땀이 배어났다. 백은 손바닥을 티셔츠에 몇 번 문지르고 숨을 깊이 들이마신 다음 배를 깎기 시작했다. 배는 물이 많아 손을 타고 팔꿈치까지 즙이 줄줄 흘렀다. 백은 급한 김에 혀로 팔꿈치를 핥았다. 달콤 짭짤했다. 때마다 가지는 못했지만 명절에 준자 씨 집에 가면 준자 씨가 거실 바닥에 앉아 배도 깎아주고 사과도 깎아주던 기억이 났다. 감도 먹었던 거 같고. 그러고 보니 언젠가는 너무 이른 추석이라 수박도 쪼개 먹었다. 백서방, 마이 묵게. 준자 씨가 자꾸만 이것저것 앞으로 밀어주는 바람에 받아먹다가 체한 적도 있었다. 준자 씨가 손끝을 바늘로 따주었다. 백은 한 번도 그래본 적이 없어서 손끝에서 시커먼 피가 나오는 게 신기했다. 그러고서 막힌 게 쑥 내려갔는지 결국 소화제를 먹었는지는 잊어버렸고 준자 씨가 백의 엄지손가락을 실로 꽁꽁 감고 바늘 끝을 머리칼에 쓱쓱 문지르는 모습은 오래오래 기억에 남았다.

배는 껍질이 너무 두껍게 깎여나갔다. 대신 끊기지 않고 길게 이어졌다. 잘한다. 준자 씨가 모처럼 또똑한 발음으로 칭찬을 했다.

얇게 쪼개소. 그래야 잡숫기 좋재.

간병인이 뒤에서 또 참견을 했다. 백은 깎은 배를 얇게 저미다 손가락을 베었다. 하얀 배에 피가 스몄다. 동전만큼 붉게 물든 조각을 배 껍질 밑에 감추고 휴지로 피를 닦았다. 살짝 스친 정도라 손끝으로 누르니 금방 그쳤다. 준자 씨가 웬일로 먼저 침대를 세워달라고 손짓했다. 준자 씨가 배를 한입 물자 간병인이 물었다.

달지예?

모린다.

준자 씨가 답했다.

준자 씨는 전날부터 눈에 띄게 호전되었다. 잠들기 전에 베개를 만져주던 중 준자 씨가 갑자기, 팔이 와 그렇노? 했다. 백은 길게 설명하기도 그래서 괜찮아요, 하고 답했다. 준자 씨가 안 아프만 됐지, 라고 했다.

간호사가 들어왔다. 이제 소변도 잘 나오는 것 같은데 주머니를 떼면 안 되냐 물었더니 퇴원할 때 뗀다고 했다. 그것만 떼면 대변도 화장실에 가서 볼 수 있을 것 같다고 준자 씨가 하소연을 했다.

아이고, 퇴원하실 때가 됐는갑네.

간병인이 거들었다. 간호사는 교수님 회진 때 여쭤보시라는 말을 남기고, 체온, 혈압, 산소포화도 다 좋다고 하며 사라졌다.

방금까지 환했던 준자 씨의 표정이 수심으로 가득 찼다. 어디 불편하시냐고 물어도 답이 없었다. 먹던 배를 물리고 침대를 젖혀달라고 하더니 벽 쪽으로 돌아누워버렸다.

퇴원하시만 좋을 낀데 와 저라시노?

간병인이 백에게 물었다. 백은 자기도 모르겠다는 뜻으로 고개를 저었다.

내일 퇴원하시죠. 뭐, 오늘도 하시려면 하실 수 있어요. 오늘 오더 내드릴까요? 어디로 모십니까? 다음 날 아침, 회진차 들른 교수는 퇴원 오더를 내리면서 하지 않아도 될 질문을 했다. 예? 아, 예, 오늘은 곤란하고요. 내일 하겠습니다. 백은 당장 나가랄까 봐 다급하게 답했다. 한 박자 쉬고 나서야 답을 다 못 했구나 싶어 집으로요, 라고 덧붙였고. 백은 이상한 질문이라고 생각했다. 교수는 별말 없이 가운을 펄럭이며 사라졌다.

퇴원은 어떻게 하지? 백은 어리둥절해졌다.

집에 누가 있어요? 없지요? 영감님은 계시나?

간병인이 묻자 백은 그제야 퍼뜩 정신이 드는 느낌이었다. 준자 씨가 퇴원만 하면 간병에서 풀려날 거라는 기대에 부풀지 않았다면 거짓말이다. 백은 조만간 집에 가면 누구를 불러내 한잔할지 한 이틀 고심하던 차였다. 싼 데서 먹어야지. 아니, 간병비 들어올 테니 제법 그럴듯하게 한잔 사야겠다. 이게 얼마 만인데. 그럴 때면 자기도 모르게 피식피식 웃음이 나왔었다. 백은 캐리어를 끌고 기차를 탈 때보다 더 막막해졌다. 하면 하는 거지, 뭐 그렇게 어려우려고, 했던 그때의 심정과는 비할 바가 못 되었다. 혼자서는 운신도 잘 못하는 노인을 병원에서 나가라고 한다. 그래도 되는 건가. 하지만 수술을 할 것도 아니고, 산소 줄을 달고 있는 것도 아니고, 바이탈이 정상인데다 모든 지표가 다 호전되었다니 병원에선 더 해줄 것이 없었다. 처방약 잘 챙겨 먹고 외래 진료일에 보자는데 못 나간다 버틸 재간은 없고. 가능한 일도 아니지만 설사 버틴다 해도 언제까지고 입원해 있을 수는 없었다. 비용은 어떡하고. 그런데 집에 가면 준자 씨는 혼자 생활을 꾸려갈 수 있을까? 한 가지 답이 자꾸 떠오르려고 해서 백은 필사적으로 꾹꾹 눌렀다. 노는 사람이 당신밖에 더 있냐던 미영의 말은 왜 또 생각나는 건지.

백은 침상 옆에 멍하니 서 있다가 흡연 구역으로 왔다. 쭈그리고 앉아 미영에게 전화를 걸었다. 미영은 세번째에야 전화를 받았다. 무슨 일 난 줄 알았다며 한바탕 짜증부터 냈다. 퇴원?

잘됐네. 카톡을 하지. 일하다가 놀라서 받았잖아. 이 시간이 제일 바쁘다고. 곧 배식 시작이야. 미영은 큰 회사의 구내식당에서 배식 담당 알바를 하다 얼마 전 계약직이 되었다. 매일 새벽에 출근해서 전처리도 하고 배식도 한다고 했다. 일할 땐 통화 절대 불가라고 틈날 때마다 주지시켰던 걸 잊은 건 아니었지만 백은 마음이 급했다. 미영이 한숨을 푹 쉬면서 말했다. 이제 더 큰일이네. 미영은 백이 뒤늦게 깨달은 사실을 미리 알고 있었다는 듯 반응했다. 옆자리 간병인이 그러는데 요양등급 신청을 해보래. 요양보호사? 그거 심사 신청해서 등급을 받아야 되고 시간이 좀 걸린다던데? 근데 엄마 정도로는 안 나올걸? 연세가 있는데도 그렇대? 하, 엄마 나이는 그럴 나이가 아니지. 몇 년 더 있어야 명함이라도 내밀걸? 아무튼 끊어. 다시 얘기해.

다저녁때가 되어서 은영이 찾아왔다. 이번엔 빈손이었다. 아니다. 은영이 카드 한 장을 손에 쥐여주었다. 백 서방, 내가 내일 못 와. 하필 구장에 야구 있는 날이라 가게 문 닫고 올 수가 없어. 그러고 나보다 백 서방이 힘이 세니까 짐 옮기는 것도 나을 테고. 내일 소변 줄 빼면 소변을 봐야 보내줄 텐데 내가 하염없이 기다릴 수도 없고. 예? 예, 예? 예, 를 몇 번 한 다음 정신을 차리고 보니 은영은 떠났고 백의 손에 카드 한 장이 달랑 쥐어져 있었다. 준자 씨는 아무것도 묻지 않았다. 백은 눈물이 나려고 했다. 준자 씨를 어쩌나, 해서. 또 나는 대체 어쩌나, 해서. 아침이면 퇴원인데 카드 한 장 말고는 아무도 어떤 지침도 내려주지 않았다. 백은 손에 쥔 카드를 물끄러미 봤다. 오돌토돌 새겨진 최정영이란 이름이 영 낯설게 느껴졌다.

병실 불이 꺼진 후 백은 누워서 잠시 뒤척이다 슬리퍼를 끌고 흡연 구역으로 갔다. 밖에서는 초저녁, 병실에서는 심야인 아홉시였다. 아무도 없었다. 백이 두번째 담배에 불을 붙이려는데 분홍이 들어왔다. 분홍은 검정이 되어서 왔다. 머리에 하얀 리본을 꽂고 여전히 슬리퍼를 신은 차림이었다. 검정이 된 분홍이 치맛자락을 감아올린 뒤 쭈그려 앉아 담배를 물었다. 주변이 조용해서 혼잣말이 잘 들렸다. 개새끼가 지 맘대로 먼저 죽고 지랄이야. 죽으니 좋냐, 존나 좋지? 씹새끼. 욕의 후반부와 오버랩되면서 모바일 게임 소리가 시작됐다. 뿅뿅 뾰르르릉 뿅뿅. 구석 자리에 앉아 있던 백은 벤치에서 일어나지도 못하고 몸을 움츠러뜨리며 가만히 있었다. 이번에는 욕을 따라 하지 않았다. 대신 더 짙어진 발톱을 반대편 엄지발가락으로 꾹꾹 눌러보았다. 조금 아픈 것 같기도 했고 아닌 것 같기도 했다.

K-아재의
가자미근

잠들었나 했던 준자 씨가 푸시시 날숨소리를 내며 고개를 들었다. 소파 팔걸이에 기대어 꼬박거린 지 십 분도 안 되었을 때였다. 백은 잠깐 부엌 바닥에 등을 대고 누웠다가 그 기척에 엉거주춤 일어나 앉았다. 바닥에 누울 때마다 백은 미영이 말했던 게 이거였구나, 했다. 강화마루네. 딱딱해서 노인들한테는 별론데. 넘어지지를 마셔, 응? 큰일 나. 미영의 말대로 마루는 확실히 딱딱했다. 집수리는 은영이 도맡아 진행했다고 들었다. 백이나 미영은 보탠 게 없었으므로 말도 보태지 않는 게 맞았지만 이제 와서 보면 잠깐씩이라도 등 대고 눕는 건 백이 아닌가. 노인의 뼈에는 원목마루나 차라리 모노륨이 나았을 텐데.

노인 혼자 있다 갇히면 큰일이라고 문마다 잠금 핀은 다 뽑아두었으면서도 이런 건 왜 신경을 덜 썼을까. 준자 씨 집에 오고 나서 백은 별 소용없는 속말을 자주 했다.

껐나? 누가 껐노?

백은 말없이 티브이를 다시 켰다. 볼링장 레인이 화면에 떴다. 일요일 아침이었다. 식사를 마치고 설거지를 해치웠을 때 준자 씨는 벌써 꼬박거리고 있었다. 저 혼자 왕왕거리던 티브이를 끄고 눈을 붙이자마자 준자 씨가 깬 거였다.

백은 전날 밤 가슴이 답답해 잠을 잘 못 잤다. 백은 이날 이때까지 잠을 못 자 뒤척인 적이 거의 없었다. 기억을 헤집어보자면 퇴직을 당한 날 정도는 뒤척였을 만도 한데 실은 그렇지 않았다. 그날 백은 같이 명퇴당한 입사 동기와 함께 필름이 끊어지도록 마셨다. 집에 와서는 잤다기보다 기절했다. 그런 백이 전날 밤 잠을 설친 건 복잡한 심사 때문이었다. 불을 끄고 가만히 누워 있다 보니 명퇴를 당했을 때보다 더 막막한 기분이 들었다. 문을 열어둔 안방에서 코 고는 소리가 들려왔다. 거실 바닥에 요를 깔고 누워 흐릿한 창밖을 바라보던 백은 이건 감옥도 아니고 집도 아니다, 하고 중얼거렸다. 준자 씨의 집을 감옥이라 말하기엔 죄스러웠고 집이라기엔 너무 갇힌 느낌이었다.

며칠만 있어봐. 무슨 수가 나겠지. 뭐 급한 일도 없잖아. 준자 씨를 퇴원시켜 이 집으로 온 날 밤 미영이 한 말에 백은 제대로 반박도 못했다. 남의 일처럼 말하지 말라고 하고 싶었으나 싸우자고 덤비는 꼴이 될 것 같아 꿀꺽 삼켰다. 왜 나냐고 하려다가 그럼 누가 있냐고 답 없는 반문을 할까 봐 그 말도 못했다. 하지만 언제까지? 벌써 2주가 지나고 있었다. 병실에서 지낸 시간까지 합하면 곧 한 달을 채울 거였다.

그동안 처형인 은영이 몇 번 다녀갔고 손위 처남 정영은 퇴원한 다음 날 한 번 다녀갔다. 동서나 처남댁은 별책부록처럼 한 번씩 따라왔다 가곤 끝이었다. 백은 그들이 형편없이 뻔뻔스럽다고 생각하고 싶었으나 그렇게 되지 않았다. 먹고사느라 바쁘다는 명분이 그들에겐 있었다. 백에게는 없는 그것. 전에는 있었던 그것. 정영은 백보다 세 살이 많았지만 아직 현직에 있었다. 백 앞에서 아이들 결혼할 때까지 악착같이 버텨야 한다고 말하곤 실수했다는 듯 황급히 화장실로 도망갔다. 딴에는 들여다보기 쉽지 않다는 변명을 하려다 백의 처지에서는 흔흔하게 들리지 않으리라는 걸 퍼뜩 깨달은 거였다. 백의 아이들도 결혼은 아직 멀었다. 취준생 하나에 뭐든, 어디든 자꾸 때려치우는 놈이 하나였다. 아이들 결혼이 급할 일도 없었고 백이 버텨야 할 자리도 없었다.

은영과 정영은 따로 왔는데도 둘이 짠 것처럼 백 서방만 믿는다고 말했다. 그때마다 백은 짜증을 가눌 길 없어 손바닥으로 이마만 거푸 문질렀다. 아, 믿지 말라고요. 뭘 보고 믿어요. 백이 투덜거리자 은영은 그럼 누굴 믿어, 믿을 사람이 백 서방 밖에 더 있어, 라고 말했고 정영은 뭘 보고 믿긴, 인물 보고 믿지, 라고 했다. 화를 내자니 옹졸했고 웃어넘기자니 기가 찼다.

백이 끈 걸 뻔히 알면서도 준자 씨는 번번이 누가 껐냐고 물었다. 처음엔 그 말을 진짜 물음으로 오해해서 주무시길래 껐다고 또박또박 대답했다. 같은 상황이 몇 번 반복된 후에야 자신을 나무라는 말임을 알아차렸다.

아이고!

또 처음에 백은 준자 씨의 아이고 소리에 깜빡 속았다. 무슨 큰일이라도 났나, 어디가 아픈가 해서 가슴이 철렁했다. 그 역시 누가 껐노, 와 마찬가지로 의미를 알아차리는 데에 시간이 걸렸다.

몇 개 남았어요?

남았다.

준자 씨는 아프고 나서 숫자를 제대로 세지 못했다. 화면은 두 개 남은 볼링핀을 보여줬다. 7번과 10번. 스플릿이었다.

저건 어려워요.

다 한다.

준자 씨가 고개를 저었다. 그럴 때 준자 씨의 표정은 마치 자신이 프로 선수라도 되는 것처럼 의기양양했다. 저까짓 것, 하는 표정.

누가 이겨요?

이긴다.

준자 씨는 세세하게 묘사하거나 설명하는 능력도 잃어버린 듯했다. 그런 자신의 상태를 인정하고 싶지 않은지 두루뭉술하게 넘기는 데에 차츰 익숙해지고 있었다. 백도 덩달아 그런 식의 의사소통에 적응이 되어가는 중이었다. 화면에 스코어와 함께 두 선수의 얼굴이 떴다. 게임은 그사이 5프레임에 접어들었다. 점수는 비등했다. 화면 오른쪽의 넙데데한 남자가 이번에도 커버를 못하면 점수 차가 확 벌어질 상황이었다. 백은 준자 씨 옆에 슬며시 앉았다. 보는 사람이 지칠 지경으로 남자는 천천히 공을 닦았다. 10번 핀 하나만 남은 상태. 남자는 왼쪽에서 파이브 스텝으로 릴리스했다. 저러다 가터로 빠지지 싶은 순간 공은 놀라운 회전력으로 레인 위를 미끈하게 밀고 나갔다.

아이고!

핀이 쓰러졌다.

재미있어요?

그냥.

백은 설핏 웃었다. 준자 씨는 맛있는 것도 맛있다 하지 않았고 기쁜 일도 기쁘다 하지 않았다. 어쩌면 백이 차려주는 음식이 맛있지 않아서, 또 기쁠 일이 없어서일지도 몰랐지만. 그래도 그토록 푹 빠져서 보는 볼링 게임을 재미있다고 인정하지 않는 심술은 또 뭔가. 전에는 그런 사람이 아니었다. 아프고 나서 준자 씨는 조금씩 다른 사람이 되어갔다. 기력이 쇠한 것은 물론이고 마음도 전 같지 않아 보였다. 예측 못한 생경함이 저격수의 총탄같이 콱 와서 박히면 백은 어리벙벙해졌다. 그럴 때면 놀라움과 낯섦, 연민과 슬픔 같은 것들이 백이 준자 씨를 위해 끓여내는 찌개처럼 순서 없이 뒤섞였다.

백은 그동안 멀리 떨어진 처가에 자주 내려오지 못했다. 그래서였는지, 그럼에도 불구하고였는지, 아니면 그런 건 애초에 문제가 아니었는지 준자 씨는 백을 볼 때면 푸근하고 정감 있게 대했다. 삼십 년 동안 한결같았다. 닭이든 갈비든 사위 대접에 소홀한 적 없었고, 용돈을 받으면 그중 얼마를 덜어 돌려주었다. 가다가 대전에서 우동 사 먹어라. 요새는 후딱 가요, 엄마. 얼마 안 걸려. 우동 먹을 새도 없이 가. 꼭 사 먹어라. 그러곤 고개를 돌리며 작게 말했다. 후딱 오는 거를 그래 안 오노. 아이, 또 올게, 엄마. 금방 올게. 미영이 백에게 눈을 찔끔하면서 그렇게 말하면 백도 거들었다. 또 올게요, 장모님. 그러고는 다음 명절이나 되어야 왔고, 어떨 땐 그마저도 건너뛰었다. 시간 내기가 쉽지 않다는 건 순전히 핑계였고, 백의 생활 반경과 의식 안에 준자 씨가 한 귀퉁이의 반이라도 차지했을까, 별 관심이 없었다. 미영도 있고, 은영도 정영도 있는데 뭐. 혹시 그랬던 자신의 심중을 훤히 알고 모두들 짠 걸까? 모두 편을 먹고 자신을 골탕 먹이는 중인가? 삼십 년 무심했던 거 이제 갚아야지, 하는 식으로? 백은 이게 무슨 막장 드라마 같은 상상인가 싶어 머리를 부르르 떨었다. 이게 다 한 달째 준자 씨한테 발이 묶여 있는 탓이었다. 풀려난다는 기약도 없었고.

준자 씨는 일요일 오전 볼링 프로그램은 꼭 챙겨 보는 눈치였다. 어쩌다 얻어걸린 모양새가 아니었다. 볼링이라면 백도 왕년에 조금 쳐봤다. 제대로 레슨을 받은 적은 없었다. 볼링을 무슨 레슨씩이나 받는 시절이 아니었다. 탁구나 당구에 물리면 백반이 지겨워 짜장면도 먹다가 한번씩은 주머니 사정 봐가며 경양식집 함박스테이크를 썬다는 식으로 쭈뼛쭈뼛 들어서던 볼링장이었다. 10파운드 공을 굴려보곤 시시해한 적도 있었고 16파운드 공을 굴려보곤 기타 좀 쳐보겠노라 길러둔 손톱을 해먹은 일도 있었다. 에버리지는 130이나 됐을까, 옆 레인에서는 200도 뻥뻥 터지고 한번은 300점 퍼펙트도 직관한 적 있었는데 백과 그 일행은 죄다 고만고만해서 두어 게임 치고 나면 맥주나 마시러 가자고 툭툭 털고 일어났다.

끝났다.

어느새 잠이 들었나. 준자 씨의 말에 백은 놀라서 깼다.

누가 이겼어요?

백이 입꼬리에 고인 침을 쓰읍 수습하고 물었다. 준자 씨가 저, 저, 하고 설명하려 애쓰다 말했다.

이겼다.

얼굴 넓적한 남자요?

아이라.

아, 안경 낀 남자가 이겼네요.

그래.

다른 거 뭐 보실래요?

백은 리모컨을 들고 채널을 한 칸씩 올려나갔다. 홈쇼핑과 광고 사이 준자 씨가 볼 만한 프로그램은 많지 않았다. 관찰 결과 준자 씨가 보는 프로그램은 주로 먹방과 여행이었다. 준자 씨는 식탐이 있는 편이 아니었다. 백이 보기에는 그랬다. 먹방을 보면서 입을 다시는 적도 없었고 평소에도 소식하는 편이었다. 혹시 백이 차려내는 음식이 당기지 않아 그런 걸까 여러 번 의심했으나 자신의 판단을 뒤집을 근거는 없었다. 그렇게 믿어야 했다.

점심은 칼국수 드실래요?

답이 없어 백은 다시 채널을 올려나갔다.

매운탕이 끓고 있었다. 할 수도 없고 배달도 어려운 음식. 백은 재빨리 통과했다. 마음이 급했다. 배달되는 거, 배달되는 거. 백은 화면에 바짝 집중했다.

있는 거.

서두른 보람도 없이 백이 가장 두려워하는 답이 너무 빨리 나와버렸다. 준자 씨는 뭘 드시겠냐는 질문에 9할은 있는 거라고 답했다. 그 말은 번거로움을 덜어주려는 의도라기보다 제시한 메뉴가 마음에 안 든다는 뜻에 가까웠다. 백은 준자 씨 집에 와서 과거를 반성했다. 뭐 먹을까, 하는 미영의 질문에 있는 거 먹자는 말을 얼마나 자주 했던가. 외식을 하든 배달을 시키든 했어야 하는 건데 말이다. 백이 살림을 해보니 있는 반찬이란 게 저절로 생겨나는 게 아니었다. 뭐든 있게 하려면 그전에 누군가 만들어둬야 하는 진리를 왜 몰랐단 말인가. 백은 머릿속으로 냉장고에 뭐가 들어 있는지 한 칸씩 더듬었다. 아무래도 새로 국이나 찌개를 끓여야 할 것 같았다. 밑반찬도 하나는 새로 만들어야 했고. 그러자면 삼십 분 정도 여유가 있었다. 그동안 뭘 하지?

준자 씨에게 오기 전 백은 시간 단위, 분 단위로 시간을 쪼갤 이유가 없었다. 수십 년 종종거리며 직장을 다닌 끝이라 하염없이, 하염없이 뒹굴고만 싶었다. 백은 이리 누워 모바일 게임을, 저리 누워 모바일 게임을 했다. 소파에 앉아서도 했고 변기에 앉아서도 했다. 최근에는 뚱보 왕이 쏟아져 내리는 돌덩어리들을 막아내는 동안 아래 블록을 터치해서 길을 틔워주는 게임을 주로 했다. 단순했다. 뚱보 왕은 번번이 죽었지만 당연하게도 끊임없이 살아났다. 죽음은 새로운 시작이었으므로 희망까지는 못 돼도 나쁠 것도 없었다. 딱히 머리를 안 써도 되고 무엇보다 무료였다. 그렇게 시간을 보내다 미영이 퇴근할 무렵이 되면 밥을 안치고 청소를 했다. 게임이 시들해지면 티브이 리모컨을 잡았다. 주로 OTT 플랫폼의 시리즈물을 봤다. 시리즈물은 끝없이 제공됐다. 그렇게 몇 달 지내는 동안 싫증은커녕 더 재미가 붙었다. 미드와 영드, 일드와 한드까지, 봐도 봐도 볼거리가 널려 있었다. 준자 씨 집에는 없는 그리운 OTT.

오전에 비해 오후는 턱없이 길었다. 백은 준자 씨를 휠체어에 태워 아파트 단지를 돌기도 했다. 날이 뜨거워지면서 휠체어 산책은 세 번 만에 접었다. 백은 누군가 원망하고 싶었다. 자신이 아닌 누군가를. 미영을, 은영을, 정영을, 동서인 정과 처남댁인 심을. 아니 얼마 전에 왔던 요양등급 조사원을. 아니, 그날 엉뚱하게 일을 망쳐버린 준자 씨를.

어르신, 어르신 혼자 일어날 수 있어요?

침대에 누워 있던 준자 씨가 주춤주춤 일어나 앉았다.

조사원이 빙그레 웃었다.

화장실은 가세요?

못 가십니다.

백이 급하게 대답했다.

그럼 대소변은 어떻게 하세요?

……

준자 씨가 방문을 말끄러미 바라봤다. 화장실은 안방 바로 옆에 있었다. 조사원이 안방 침대 주변을 휙 둘러보았다.

어르신, 지금이 몇 년도예요?

이천······

25년요.

제대로 답할까 봐 조마조마해진 백이 얼른 가로챘다.

가족분은 잠깐 나가서 기다리세요.

조사원이 친절하게, 그러나 단호하게 명령했다. 글렀군. 백은 쫓겨나면서 두 손으로 얼굴을 씻었다. 아드님 부르실 땐 어떻게 부르세요? 어어, 어어. 준자 씨가 어눌한 소리를 냈다. 뒤늦게 상황 파악이 됐는지 나름대로 애를 쓰는 모양이었다. 백은 난감한 중에도 피식 웃음이 났다. 준자 씨의 언어 능력이 이전 같지 않은 건 사실이었으나 백을 부를 때는 백 서방이라고 똑똑하게 부를 수 있었기 때문이다. 어쩌면 상황 파악이 제대로 된 게 아니라 조사원이 아드님이라고 했기 때문일까? 사위의 돌봄을 받는 상황이 민망했던 걸까? 유독 보수적인 이 도시에서는 며느리나 딸을 두고 아들의 보살핌을 받는 일도 드물다고 들은 적이 있었다. 식사는 어디서 하세요? 아, 식탁에서 하실 수 있네요. 식탁 쪽을 손으로 가리켰나? 에이, 그러지 마시지. 이미 그른 듯했지만 백은 아직 미련을 다 버리진 못한 터라 다시금 애가 탔다. 어르신, 지금 계절이 봄 여름 가을 겨울 중 언제예요? 겨울. 기연가미연가하던 백의 입에서 웃음 반 탄식 반으로 하, 하고 바람이 샜다. 준자 씨가 일부러 겨울이라고 대답한 거다. 지금 여름이니까 일부러 그 반대로. 아침에만 해도 여름은 여름인가 보다, 아침부터 이렇게 찌는 걸 보니, 라는 요지의 대화를 나누지 않았던가. 노인은 호되게 아프고 나면 언어 능력을 온전히 회복하는 데에 시간이 좀 걸리는 경우가 많다고 여러 사람이 말했다. 옆 병상 간병인이나 은영이나 미영처럼 의료진은 아니지만 보고 들은 게 많은 사람들 말이라 백은 어느 정도 믿는 편이었다. 준자 씨를 겪어보면 실제로 그랬다. 최근 들어 어지간히 나아져서 퇴원 임시보다는 더 섬세한 의사소통이 가능한 상태였다. 그런데 겨울이라니. 백은 갑자기 눈두덩이 뜨끈해졌다. 고개를 뽑아 방 안을 엿보았다. 조사원이 준자 씨의 엉덩이 밑으로 손을 넣어 더듬거리다 뺐다. 그는 몇 가지 질문을 더 했는데 백의 짐작으로는 그게 매뉴얼인 듯했다. 다음에 조사를 받게 되면 잘할 자신 같은 게 뜬금없이 솟아나 백은 황망했다. 다음은 없다는, 지금 제대로 붙어야 된다는—그렇다, 백에게는 그 순간이 절체절명의 고난도 시험으로 여겨졌다—절박함에 백은 방으로 다시 들어갔다. 부모 돌아가실 때 말고는 울어본 적이 없던 백이 울먹거리는 목소리로 매달렸다.

선생님, 저희 어머님 좀 돌봐주세요. 제가 일도 못 나가고요.

생활도 지금 너무 곤란하게 됐습니다. 식사도 잘 못하세요. 목욕도 문제고요. 잘 못 돌봐드려 그런지 자꾸 상태가 나빠지십니다.

조사원이 빙그레 웃었다.

많이 힘드시죠? 기운 내시고요.

백보다 열 살은 아래로 보이는 조사원이 다 이해한다는 듯 푸근한 음성으로 말했다. 고꾸라지던 백의 마음을 뚫고 일어서는 한줄기 빛이 눈에 보이는 듯했다.

잘 부탁드립니다.

하마터면 백은 그의 손을 덥석 잡을 뻔했다. 조사원은 표정을 정돈하면서 일어났다.

연락 갈 겁니다. 기다려보세요.

백은 거의 체념했음에도 가느다란 희망의 끈을 놓을 수가 없어 전전긍긍했다. 순진한 희망을 비웃기라도 하듯 무슨 무슨 동상 제막식의 테이프처럼 끈은 가차 없이 잘렸다. 준자 씨는 치매도 파킨슨도 아니었고 폐렴으로 입원했다 퇴원한데다 더디나마 호전 중이었다. 그 정도로는 어림없다는 게 주변의 평이었다. 주변이란 물론 미영 남매들이었다. 연기 좀 잘들 하지, 쯧. 기저귀 한 팩 안 사다놓고 조사를 받았다고? 방 안에 쟁여놓고 몇 개는 쓰레기통에 넣어뒀어야 하는 건데. 내가 말해줄걸. 아는 줄 알았지. 며칠 전 다저녁때 들른 은영이 재차 쐐기를 박았다. 다음 심사 신청은 육 개월이 경과해야 가능했다. 기가 찼다. 은영은 백의 심사를 구정물에 처박아놓고는 우린 백 서방만 믿네, 라면서 봉투를 슬그머니 찔러주었다. 백은 마음이 좀 풀렸다. 구정물이 갑자기 좀 깨끗해졌달까. 얄팍한 인간이여, 위대한 자본이여. 백은 자신이 경멸스러우면서도 얼른 액수를 확인하고 싶어 안달이 났었다. 그날 밤 미영은 대안이 없잖아, 대안이, 라며 백을 달랬다. 그러곤 은근한 목소리로 말했다. 반띵하자. 백이 답했다. 미쳤냐?

그나저나 뭐라도 만들어봐야 할 시각이었다. 볼링 프로그램이 끝나자 준자 씨는 다시 턱을 가슴에 닿을 듯 떨어뜨리며 졸았다. 백은 준자 씨를 아기 다루듯 살살 달래며 소파에 옆으로 뉘었다. 베개를 받쳐주고 두 발을 모아 소파 위로 올렸다. 준자 씨의 발은 새하얗고 조그마했는데 엄지발톱만 발과 주인이 다르기라도 한 것처럼 무좀이 심해 두껍게 부풀어 있었다. 심하게 변색되어 누렇기도 했고. 백도 한때 무좀으로 고생한 적이 있었다. 군대 가서 한여름에 완전군장으로 행군을 하고 나서 발가락 무좀이 생겼다. 제대로 못 씻고 땀을 말리지 못한 채 여름을 났더니 점점 심해졌다. 전역 후 잘 듣는다는 약을 사서 발랐다. 빨리 낫고 싶어 열심히 바를 때는 영원히 안 나을 것 같더니 둘째를 낳기 전이었나, 후였나, 언제 괜찮아졌는지도 모르게 나았다. 군대도 안 간 준자 씨 발톱은 대체 왜 이 지경이 됐을까. 병실에서 손발을 닦아주다 발톱을 처음 본 날 백은 깜짝 놀라 누운 준자 씨 얼굴을 새삼 보았다. 준자 씨는 미간을 찡그리고 있으면서도 기분이 좋았는지 조금은 긴장이 풀린 얼굴이었다. 엄마 발톱은 어땠었지? 백은 엄마 발톱을 떠올려보려고 애썼지만 엄마의 발도 기억나지 않았다. 대체 엄마 발을 본 건 언제가 마지막이었을까? 아니, 언제 제대로 본 적이나 있었나? 이젠 보고 싶어도 볼 수 없게 된 엄마의 발을 상상하다 백은 코가 찡해졌다.

은영이 해다 준 밑반찬 두어 가지 말고는 이렇다 할 게 없었다. 냉동실에는 굴비가 있었고 냉장실에는 달걀이 있었다. 굴비는 전날 먹었고, 달걀부침은 아침에도 먹었다. 언제부터 요리를 했다고, 백은 끼니때가 되면 벌써 지겨웠다. 이걸 수십 년 해온 미영도, 한평생 해온 준자 씨도 경이롭기 그지없었다. 냉장고 앞에만 서면 존경심이 저절로 우러났다. 굴비나 달걀 말고 뭐가 없을까? 백은 모처럼 일보전진을 작심하고 저 안쪽과 아래 두 칸의 서랍까지 샅샅이 수색하기로 했다. 서랍에서는 비닐로 낱개 포장을 한 떡 몇 종류와 젓갈, 언제 사뒀는지 모르게 말라비틀어진 쇠고기와 돼지고기, 유통기한이 삼 년쯤 지난 삼계탕 밀키트, 그 밖에 백의 능력으로는 봐도 뭔지 알 수 없는 각종 가루들과 무슨 뿌리 같은 것들이 끝없이 나왔다. 백은 확실히 버려야 할 삼계탕 밀키트와 오래된 고기들을 꺼내 음식물 쓰레기통에 쏟아부었다. 소용량의 빨간 플라스틱 양동이가 그득해졌다. 서랍 위쪽과 문짝에도 비닐에 싸인 식재료들이 거대한 대륙처럼 버티고 있었다. 죄다 건드리면 분명 점심때를 놓칠 거였다. 백은 대륙의 반도 하나만 해치우기로 타협했다. 맨 위의 한 칸만. 그쪽은 거의 버려야 할 식재료밖에 없을 테니까. 키가 작은 준자 씨는 등도 구부정해져 위 칸에는 손이 잘 안 갔을 터였다. 운이 좋으면 쓸 만한 것들을 발견하겠지만, 운이 좋더라도 유통기한을 훌쩍 넘겼을 것이고, 별 갈등 없이 버리기만 하면 될 거였다.

백은 검정색과 흰색, 투명한 비닐봉지들에 꽁꽁 싸이고 묶인 덩어리들을 식탁 위에 꺼내놓았다. 하나같이 바윗돌처럼 묵직하고 단단했다. 백은 가위로 비닐 매듭을 잘라내고 내용물을 꺼내 플라스틱 대야에 쏟기 시작했다. 김인가. 검정 비닐에 갈무리된 길쭉한 사각 덩어리를 집어 들며 백은 혼잣말을 했다. 맨 안쪽 귀퉁이에 있던 것이었다. 비닐은 한 겹이 아니었다. 안에 또 한 겹이, 그 안에 다시 한 겹이 각각 꽁꽁 묶인 채 갈무리되어 있었다. 아이고, 이게 뭐라고 이렇게까지…… 라며 한숨을 내쉬던 백이 숨을 끊고 꺼내려던 내용물을 다시 집어넣었다. 반사적으로 준자 씨를 살폈다. 준자 씨는 뉘어놓은 자세 그대로 고로롱거리고 있었다. 백은 매듭을 잘라낸 비닐봉지를 다시 말고 감고 둘러서 이걸 어쩌나 잠시, 그러나 극심하게 고민하다가 뒷 베란다로 들고 나가 세탁기 안에 감췄다. 아직 못 버린 나머지 봉지들을 황급히 냉동실에 다시 집어넣는 데까지는 불과 오 초 안팎이 소요됐을 뿐이었다. 떨리는 손으로 냉동실 문을 닫았다.

흐어어!

어찌나 힘이 들어갔는지 문이 쾅 닫히는 소리에 준자 씨가 바로 비명을 지르며 깼다.

뭐꼬? 무신 일이고?

준자 씨가 급히 몸을 일으켰다. 마음만 급했지 실상 몸동작은 굼떴다.

장모님, 꿈꾸셨어요?

안 잤다.

준자 씨가 놀란 눈으로 두럿대며 입꼬리에 맺힌 침방울을 혀로 핥았다.

굴비를 꺼내 녹여서 굽고 계란찜을 했다. 무슨 정신에 했는지 모를 정도로 백은 머릿속이 뒤죽박죽이었다. 그것을 발견한 게 왜 자신의 심사를 흔들어놨는지 알 것도 같은 이유를 인정하고 싶지 않았다. 머리뿐 아니라 등과 배가 꽉 쪼이는 느낌이 들었고 이마와 손바닥에도 진땀이 배어났다.

준자 씨가 굴비 살점을 젓가락으로 발라 입으로 가져갔다. 노안이 상당히 진행된 백의 눈에 달려 들어가는 긴 생선 가시가 똑똑하게 보였다.

뱉으세요! 얼른요!

준자 씨는 한참 입을 오물거리다 식탁 위에 가시만 뱉어냈다.

됐다. 내가 알라가.

그럴 땐 준자 씨의 말에 힘이 실렸다. 백은 티슈를 한 장 뽑아 두 번 접은 뒤 수저 옆에 놓아주었다. 준자 씨는 자존심이 상했는지 굴비에는 다시 젓가락을 대지 않고 밥을 반쯤 먹은 뒤 수저를 내려놓았다.

더 드시지……

준자 씨가 고개를 저었다.

그런데 냉동실에요……

다 내삐리라.

버리면 안 되는 것도……

내삐리.

백은 검정 비닐에 겹겹이 싸인 물건에 대해 말을 꺼낼까 하다 삼켰다. 준자 씨가 그걸 모르고 있다면? 잊어버렸다면? 다 버리라고 한 걸 보면 그 물건을 다시는 찾지 않을 것도 같았다. 그렇지. 잊어버리셨지. 백의 심장이 아까보다 더 쿵쾅거리기 시작했다. 준자 씨가 끙, 하고 식탁 의자에서 일어서더니 냉동실 문을 잡았다. 두 손으로 힘겹게 열고는 선반을 뒤적거렸다.

역시, 그걸 찾는 거야. 잊을 리가 있겠어? 한껏 치솟은 파도가 꺾이듯 백도 절망으로 떨어졌다. 그런데 이상하다. 절망이라니. 그렇다면 자신이 무엇을 희망했단 말인가. 아, 그런데 잠깐만. 아까 그걸 세탁기 안에 던져 넣었지. 백은 준자 씨가 냉동실을 뒤적거리는 그 몇 초 사이 이번에야말로 진짜 나락으로 떨어지는 느낌에 안절부절못했다. 얼른 가서 꺼내올까? 그러다 들키면? 모르쇠로 버텨볼까? 그럼 찾느라 난리가 날 텐데? 이러지도 저러지도 못하는 백의 속내는 준자 씨가 목하 뒤적거리는 봉지들처럼 쑤석거렸다.

그기 어데 갔을꼬?

꾸물꾸물 등줄기를 흘러내리는 땀을 느끼며 백은 필사적으로 침착함을 유지했다.

뭐 찾으세요?

그기…… 분명히 어데 있을 낀데……

지금이라도 검정 봉지를 얼른 가져올까? 뭐라고 하면서? 아, 바닥에 슬쩍 둘까? 뒤적거리는 사이 선반에서 떨어진 것처럼 말이지. 아니다. 너무 어설프다. 속을 리가 없지. 정신이 얼마나 온전하신데. 백은 시침을 뚝 떼고 식탁을 정리하기 시작했다. 손이 부들부들 떨려서 하마터면 김치보시기를 놓칠 뻔했다.

없네. 곶감.

곶감요?

오그라든 심장이 아토초의 속도로 펴졌다. 백은 냉장고 선반에 매달리다시피 한 준자 씨를 소파로 이끌면서 말했다. 떨리던 손이 어느새 차분해져 있었다.

앉아 계세요. 제가 찾아드릴게요.

중단했던 수색 작업을 재개했다. 서랍과 맨 위 선반에선 곶감을 못 봤다. 그렇다면 가운데 선반들이다. 백은 정체를 알 수 없는 식재료 덩어리들을 비닐째 신속하게 더듬었다. 동그랗고 납작한, 아니면 뚱뚱한 불꽃 모양일 곶감을 감별하느라 백은 모처럼 집중력을 발휘했으나 그런 모양은 없었다. 봉지 하나가 그 비슷해서 열어보니 만두였다. 만두는 조약돌보다 더 단단했다. 대야에 던져 넣었다. 비닐에 싸여 있던 식재료들은 하나씩 풀어헤쳐져 대야로 직행했다. 대야가 넘쳐서 커다란 비닐봉지에 두 봉지를 더 담았다. 곶감은 결국 나오지 않았고 다시 냉동실로 들어간 건 멸치와 새우젓이 유일했다. 서툰 판단에도 그건 괜찮을 것 같았다.

그러느라 시간은 삼십 분을 훌쩍 넘겼다. 백은 서둘러 약을 챙겨 물과 함께 준자 씨에게 내밀었다.

없네요.

준자 씨가 무슨 말이냐는 듯 해맑게 백을 올려다봤다.

곶감요.

곶감? 와? 묵고 싶나?

그날 저녁 백은 미영에게 곶감 사건을 메시지로 보냈다. 미영은 대수롭지 않게 생각했다. 뭐 노인이 그럴 수도 있지. 나도 가끔 그래. 백은 미영이 둔한 건지 자신이 예민한 건지 잠시 생각해보고는 곧 잊었다. 왜냐하면 백의 머릿속엔 계속 그 검정 봉지의 내용물이 가득 차 있었기 때문이다. 백은 준자 씨가 잠들고 나서 세탁기를 다시 열어 그것이 잘 있나 확인하고 덮개를 내렸다. 다른 데다 두어야 하는 게 아닐까? 만에 하나 준자 씨가 저걸 찾으면 세탁기에서 꺼내다 줄 수는 없는 거였다. 그런데 저게 얼마일까? 백은 그만큼의 현찰을 손에 쥐어본 적이 없어서 가늠이 안 됐다. 딱 김 한 톳 정도의 부피 같았는데 실은 김 한 톳도 손에 쥐어본 적 없는 백이 그걸 알 리가 만무했지만 말이다. 백은 그러지 말아야지 하면서도 그 돈이 얼마나 될지 상상하다가, 그 돈으로 뭘 할 수 있을지 즐겁게 상상해보다가, 상상만으로도 죄지은 느낌에 괴로워하며 잠이 들었다.

비가 오나. 백은 잠결에 물소리를 들었다. 지난밤엔 왜 쓸데없는 상상으로 잠을 설쳤을까. 백은 부끄러운 마음에 오늘은 그걸 다시 제자리로 돌려놓고 잊어버려야겠다고 결심하며 돌아누웠다. 창밖이 부옇게 밝아져 있었다. 빛의 농도로 보면 두 시간 남짓 더 자도 될 것 같아 백은 마음을 다독이며 다시 눈을 감았다. 물소리가 그치나 싶더니 기계음이 시작됐다. 잠시 들리다 멈추고 다시 들리는 소리. 누가 새벽부터 세탁기를 돌리

나. 부지런도 하지. 윗집인가. 다시 잠으로 끌려 들어가던 백은 한순간 눈을 번쩍 떴다. 세탁기! 백은 다리 사이에 말고 있던 이불을 걷어차고 베란다로 달려갔다. 세탁기가 돌아가고 있었다. 빨랫감도 별로 없었는데 세탁기가 왜! 세탁기 안에는 이불이 들어 있었다. 준자 씨의 이불. 백은 안방 쪽을 기웃이 들여다봤다. 준자 씨는 침대 가장자리에 누워 움직이지 않았다. 머리와 무릎이 벽에 찰싹 붙어 있었다. 주무시나. 이불도 패드도 없는 잠자리가 휑했다. 백은 살며시 다가가 매트리스를 만져보았다. 한가운데가 꿉꿉했다. 백은 욕실에서 수건 두 장을 꺼내와 젖은 부위를 덮은 다음 이불장에서 얇은 차렵이불을 찾아내서 준자 씨를 덮어주었다. 이불은 웅크린 몸을 덮고도 너무 많이 남았다. 준자 씨가 몸을 움찔거리며 이불자락을 턱밑까지 끌어당겼다. 깬 건가. 어쩌면 계속 깨어 있었을 수도 있었다. 백은 어쩔까 망설이다 조용히 방을 나왔다.

준자 씨가 이부자리를 적신 건 처음이었다. 병실에서는 기저귀를 하고 소변 줄을 달고 있었지만 그건 양을 체크하기 위해서였고 퇴원하면서는 혼자 화장실을 갈 수 있었다. 그럴 수도 있겠지. 백은 그렇게 생각하기로 했다. 곶감 얘기에 미영이 보인 반응을 되새기면서. 그래도 마음 한 곳은 묵직한 무언가에 눌리는 느낌이었다. 그래, 어쩌다 잠결에 실수한 거지. 꿈을 꾸셨나. 백은 다시 잠들기 어려워져 소파에 앉았다. 미영이 출근할 시각이었다.

　미영은 간간이 해오던 알바를 백이 명퇴당한 후로 아예 직장으로 삼았다. 운이 좋았지 뭐야. 마침 그 언니가 그만둔대서 내가 얼른 지원했잖아. 미영은 여섯시가 되기 전 출근길에 나섰다. 이렇게 일찍 나가는 건 애들 고3 때가 끝일 줄 알았는데 말이야. 미영이 그렇게 말하며 현관을 나설 때 백은 가급적 자는 척했다. 무슨 말을 해야 할지, 어떻게 행동해야 할지 도저히 모르겠어서 그랬다. 고생이 많다고 하자니 간지럽기도 했고, 수십 년 아침 일찍 출근했던 자신으로서는 분심이 생기기도 했기 때문이다.

　미영이 매일 가는 곳은 집에서 꽤 떨어진 지역에 있는 기업체 빌딩이었다. 미영은 구내식당에서 전처리 일을 했다. 전처리가 뭐야? 조리하기 전에 식자재를 씻고 다듬고 써는 일이야. 미영이 알바로 갈 때는 별 관심이 없어서 물어보지도 않았다. 그때는 주 이틀 정도 나갔고 노느니 심심해서 간다는 말을 그대로 믿어주고 싶었다. 그저 용돈벌이나 하겠거니 생각하고 싶었지만 그렇지 않다는 걸 백도 알았다. 취준생 하나, 알바생 하나를 데리고 살면서 애들한테 손을 벌릴 수도 없고, 연금 나올 때도 멀었고, 마땅한 대책도 없는 주제에 미영의 수입이 가계에 큰 역할을 감당할 것이 분명했지만 어쩐지 그걸 인정하기에는 자신이 너무 초라하게 느껴졌다. 졸렬했다. 졸렬해도 어쩔 수 없었다. 어쩔 수 있었으면 졸렬하지 않은 사람이었을 테고. 그것만 하면 돼? 그것만? 해볼래? 칼질 한번 원 없이 해볼 테야? 썰어도, 썰어도 끝이 없다? 뭘 썰어? 다 썰어. 미영은 매일 밤 손가락과 손목에 동전 파스를 붙이고 잠들었다. 어떤 밤 백은 미영의 손목을 좀 주물러줄까 하는 마음이 들기도 했다. 몇 번이나 그랬는데 결국 한 번도 못해줬다. 계약직이라고? 그럼 2년이야? 백의 물음에 미영은 코웃음을 쳤다. 11개월. 그게 어디야. 당일 알바보다 안정적이지. 그렇게 말하며 미영은 진심으로 운이 좋았다고 생각했을까. 백은 씁쓸했다.

예전의 미영은 세일 때는 백화점 출입도 좀 했었다. 결혼 전에는 좋은 옷도 사 입은 눈치였는데. 덜 힘든 일은 없어? 그럼 돈을 덜 주겠지. 많이 주나? 그럼 나한테까지 올 자리가 있겠어? 당신이 어때서…… 백은 그쯤에서 입을 닫을 수밖에 없었다. 둘째를 낳으면서 일을 그만둔 미영은 빼박 경단녀에 나이도 많았다. 백보다도 미영이 한 살 많으니 몇 년 후면 환갑이었다. 그래도 거기서는 중간치라고 했다. 언니들도 많으니 얼마나 좋으냐며 진담인지 농담인지 헷갈릴 말도 했고. 미영은 이제 3개월 차에 접어들었는데 주 2일 근무와 주 5일 풀타임 근무는 너무나 다르다고 했다. 그게 말이지. 어제 우리 팀에서 누가 그러더라. 마라톤 할 때 천천히 오래 뛰는 것 같잖아? 근데 따지고 보면 백 미터 전력 질주하는 속도로 그렇게 오래 달리는 거라고. 미영은 토요일 오전에는 꼭 찜질방을 갔다. 가끔은 침을 맞으러 가기도 했다. 백은 안 하던 욕실 청소까지 거들었고 설거지는 모조리 백의 몫이 되었다.

백은 음모론자는 아니지만 지금의 이 모든 상황이 미영의 빅 픽처는 아니었을까 의심스러워졌다. 살림이라곤 손톱만큼도 할 줄 모르던 백을 설거지며 빨래며 청소며 간단한 상차림까지 요모조모 익히게 만든 뒤 준자 씨에게 파견한다, 뭐 이런 음모. 백은 날이 덥긴 더운가 보다 하며 헛웃음을 지었다. 준자 씨 집에서 여름을 고스란히 나게 되려나. 그 생각을 하면 백은 기껏 다독거려놓은 마음이 또 암담해지면서 한쪽 구석이 쑤석거리는 기분에 사로잡혔다. 준자 씨 집은 더웠다. 에어컨을 틀면 춥다고 했고, 선풍기 바람에는 살갗이 따갑다고 했다. 백은 오래되어 누리끼리해진 부채로 수시로 바람을 일으키며 견뎠다. 둥근 부채에 새마을금고라고 찍혀 있었다.

기계음이 멈추고 한순간 고요해지나 싶더니 물 내려가는 소리가 났다. 점점 진해지는 햇빛을 바라보며 이런저런 생각에 잠겼던 백이 벌떡 일어나 베란다로 달려갔다. 아직 물이 다 빠지지 않은 세탁조 덮개를 열고 팔을 넣어 휘저었다. 백의 손에 비눗물을 머금어 빵빵한 비닐봉지가 달려 올라왔다. 와, 씨, 좆됐네. 내 평생에 돈세탁이란 걸 다 해보는구나.

뭐 하노?

백은 깜짝 놀라 봉지를 다시 세탁조에 빠뜨렸다.

예? 예. 빨래가 돌아가길래요.

아직 멀었다. 밥은?

벌써요?

준자 씨가 천천히 몸을 돌려 식탁 의자에 가서 앉았다. 준자 씨는 매일 아침 아홉시경 식사를 했다. 이제 겨우 일곱시를 넘긴 시각이었다.

시장하세요?

어데.

준자 씨의 표정이 어찌나 태연한지 백은 원래도 그 시각에 상을 차렸던 것처럼 몸이 저절로 움직여졌다. 몸은 냉장고를 열고 국을 데우고 반찬을 꺼내 식탁에 놓고 밥을 푸면서 머리는 계속 세탁조 안에서 돌아가고 있는 돈다발에만 꽂혀 있었다. 설마 못 쓰게 되는 건 아니겠지. 돈이 얼마나 질긴데. 준자 씨 모르게 그걸 꺼내서 헹구고 말린 다음 다시 원위치시킬 생각을 하니 막막했다.

새벽에 잠을 설쳐 그랬는지 준자 씨가 평소보다 일찍 잠자리에 들었다. 긴 하루 동안 내내 기다려온 순간이었다. 서둘러 작은방으로 들어갔다. 낮에 몰래 헹궈둔 돈다발을 들고 들어가 바닥에 널기 시작했다. 방바닥이 금세 지폐로 덮였다. 앉은걸음으로 돌아다니며 부채를 부치는 동안 지폐가 발바닥에 끊임없이 들러붙었다. 돈방석이 아니라 돈 카펫이랄까. 이런 꿈같은 일, 아니 이런 엿같은 일이 있나. 땀이 턱을 따라 뚝뚝 떨어졌다. 이게 다 무슨 돈인지 백은 상상도 되지 않았지만 이젠 알고 싶지도 않았다. 예전에 장사할 때 만지던 돈을 굳이 거기다 넣어두었든, 자식들한테 받은 용돈을 모아두었든 하나도 중요하지 않았다. 이 중 몇십 장이야 꿀꺽해도 그만이겠지 싶다가도 아서라, 미친 새끼, 하고 저절로 욕이 튀어나왔다. 아니지. 미영에게 좀 줄까? 백은 웃음이 실실 나왔다가도 금세 한숨이 폭 나와 부채질을 파닥파닥 했다.

도어락 소리가 나는가 싶더니 현관문이 닫히는 소리가 났다. 앞집인가? 그렇기엔 소리가 너무 선명했다. 올 사람은 은영 말고는 없을 것이다. 백은 번개같이 방문 손잡이에 매달렸다. 은영에게 이 광경을 잘 설명할 자신이 없었다. 아니다. 그런 것까지 생각을 하진 않았다. 백의 행동은 본능적이었다.

엄마? 백 서방?

은영이 준자 씨를 깨울까 봐, 방문을 열까 봐 백은 손잡이를 한 손으로 움켜쥔 채 발을 뻗어 지폐를 끌어 모으기 시작했다. 지폐는 바닥과 발에 붙어 순순히 모아지지 않았다. 종아리에 쥐가 나도록 뻗어도 백의 짧고 뻣뻣한 다리로는 애초에 무리였다.

어데 갔노?

은영이 좁은 집 여기저기를 살피는 기척이 났다. 베란다 아니면 욕실 아니면 작은방이 전부인 집을. 백은 이제 두 손으로 손잡이를 움켜잡았다. 냉장고를 열고 닫는 소리, 물을 따르는 소리, 이어서 어딘가, 아마도 소파에 털썩 기대앉는 소리가 났다. 백은 조심조심 손잡이를 놓고 지폐를 끌어 모으기 시작했다. 숨소리까지 참아가며. 주머니에서 핸드폰이 진동했다. 백은 재빨리 통화를 차단하려다 땀에 손이 미끄러져 통화 버튼을 누르고 말았다. 백 서방?

백 서방?

은영의 소리가 전화기와 문밖에서 동시에 났다. 문밖 소리가 가까워졌다. 백은 문 쪽으로 슬라이딩을 하며 손잡이를 잡다가 머리를 문에 박았다.

백 서방? 백 서방!

은영이 손잡이를 돌리는 게 느껴졌다. 백은 손잡이를 더 꽉 잡았다. 대답을 해야 할지 말아야 할지, 문을 열어야 할지, 아니면 열리지 않게 계속 매달려야 할지 몰라 버티기만 했다. 자신이 게임 속 뚱보 왕 같다는 생각을 하면서. 뚱보 왕처럼 신음이 터질까 봐 백은 입을 앙다물었다.

소파인간
외출하다

소파인간
외출하다

처음에는 초콜릿바였다. 바스락거리는 포장재를 쥐어보고는 바로 알아차렸다. 손가락 두 마디 정도나 될까. 손바닥 안에 쏙 들어왔다. 오톨도톨한 질감으로 봤을 때 땅콩이나 아몬드가 섞인 것 같았다. 견과류는 별론데. 잇새에 자꾸 끼인단 말이야. 호종은 초콜릿바가 손바닥에서 흐물흐물해지는 동안 그런 생각을 했다. 하긴 먹고 싶었어도 그럴 수는 없었을 것이다. 그게 갤러리 측에서 강조한 규칙이었다. 전시 중에 손을 거두어들이면 안 된다. 사나운 반응을 보이면 안 된다. 가급적 자리를 뜨지 마라. 화장실에 자주 가면 안 된다. 전화 통화를 하면 안 된다. 기타 등등, 기타 등등.

초콜릿바를 무심히 주물럭거리는 사이 누군가 호종의 손가락을 벌리고 그것을 가져갔다. 가림판 너머를 볼 수 없는 호종은 누군지 잠깐 궁금했다. 어린아이가 가져갔으면 좋겠다 생각했지만 이런 종류의 난해한 전시회에 어린아이가 나타날 확률은 아주 낮았다. 어떤 부모가 명화 전시회나 그림책 전시회를 두고 여기를 데려온단 말인가. '서스펜디드'라는 제목부터 그렇지. 그건 게임에 붙어야 자연스러운 거 아닌가? 작년 가을 한국시리즈에서 비 때문에 서스펜디드 게임이 선언됐었다. 삼성라이온즈가 기아타이거즈를 앞서고 있었는데 나중에 속개된 경기에서는 어떻게 되었는지 모르고 지나갔다. 어쨌거나 그 단어가 집행유예를 뜻하기도 하는 줄은 호종도 가림판 너머 관람객의 젠체하는 말을 엿듣고 알았다. 그러나 그 제목의 예술적 의미는 도무지 알아챌 수 없었다. 젠체하던 인간도 그 부분에서는 어물어물 넘어가버렸다. 뭐냐, 시시하게.

그럼에도 호종은 그럭저럭 괜찮다고 느꼈다. 동네를 어슬렁거리다 이런 일을 잡아챈 건 행운 중에서도 큰 행운이었다. 끈질긴 무더위가 꺾이고 옅은 가을 티가 나던 며칠 전 무작정 이 골목 저 골목 걸어 다니다 갤러리 문에 붙은 광고 전단을 발견했다. 당신도 작가, 새로운 경험, 누구나 가능, 시급 운운. 인생에서 쓸 운은 대입과 취직에 다 써버린 마당에—미영이 삐지면 곤란하니 결혼에도 썼다고 해두자—이 정도 분량의 운이 남아 있는 것만 해도 어디냐. 공장이나 인쇄소, 소규모 철공소들이 즐비했던 동네에 갤러리들이 들어선 게 호종으로서는 적잖이 못마땅했던 터였다. 딴 동네 가서 놀지, 왜 굳이 여기까지 와서 이럴까 싶었지만 그래도 오른 집값을 생각하면 나쁘지만은 않았다. 두 동짜리 낡은 아파트를 이십 년 상환으로 최대한의 대출을 끼고 구입해 명퇴 직전 대출금을 완납한 것도 좋다면 좋은 운이었지.

가림판 안쪽에 갇힌 신세도 처량하지 않았다. 힘을 전혀 쓰지 않아도 된다지 않나. 가만히 앉아서 시간만 때우면 최저시급 이상을 주겠다고 했으니 이런 꿀알바가 어디 흔하랴 싶었다. 게다가 처음에 우려했던 것보다는 심심치 않았다. 초콜릿 바를 쥐여주고 간 것도 재미있었지만 그걸 또 가져가는 사람이 있다는 것도 재미있었다. 누군가 손바닥에 가래침을 뱉고 갈 때까지는 그랬다. 그전까지는 기껏해야 쓸모없는 (아마도) 영수증 조각, 빈 생수병, 커피가 약간 남은 테이크아웃 컵—냄새로 커피인 걸 알았다—따위였고, 그걸 쥐고 있노라면 다시 누군가 가져갔다. 호종의 손에 버리고 간 사람은 모르긴 해도 관람객들이었을 것이고 수거해간 사람은 관계자일 가능성이 높았다. 아닐 수도 있고, 아니면 말고.

예상 밖의 불편한 점도 있었다. 가림판 안쪽에 갇힌 사람은 호종 혼자가 아니었다. 세 사람이 일렬로 앉아 있었다. 가림판을 오른쪽에 두고 세 사람은 모두 앞쪽을 보게 되어 있었다. 오른손을 동그란 구멍으로 내밀고 있어야 했기 때문에 어쩔 수 없는 좌석 배치였다. 호종의 자리는 셋 중 가운데였다. 세 명의 서로 모르는 사람들이 가림판 안쪽에 조르륵 앉아서 시간이 지나가기만 기다렸다. 호종은 종일 중년 여자의 뒷모습을 봐야 했다. 여자가 꿈틀, 하면 호종도 꿈틀, 여자가 하품을 하는 것 같으면 호종도 하품이 났다. 여자는 의자 위에 두 발을 올려 양반다리를 하고 버티다가 발을 내려 앞으로 쭉 뻗고는 했는데 그러면서도 왼손 엄지로 능숙하게 핸드폰을 다루었다. 간격이 일 미터도 안 되었기 때문에 호종의 자리에서는 여자의 핸드폰 액정도 보려면 볼 수 있었다. 여자는 카톡을 부지런히 했고 한바탕 졸고 나서는 동영상 사이트에서 드라마를 찾아보는 것 같았다. 그러고 보니 여자의 귀에 무선 이어폰이 꽂혀 있었다. 호종은 아직 한 번도 가져보지 못한 것. 못했다기보다 않은 것. 그렇다고 호종이 아무 데서나 볼륨을 올리고 음악이나 뉴스를 듣는 사람은 아니었다. 호종도 그런 사람은 싫어했다. 몰염치한 민폐일뿐더러 그런 이들 때문에 죄 없는 사람—그야 호종 자신을 이른다—까지 도매금으로 넘어가는 세태가 억울했고 바깥에서까지 보고 들을 정도로 좋아하는 것도, 궁금한 일도 없었다.

　뒤에는 젊은 여자가 앉아 있었다. 여자는 잊을 만하면 한 번씩 한숨을 쉬었다. 씨발이라고 중얼거리는 소릴 들은 것도 같았다. 호종은 그 소리가 났을 때 너무 놀라서 앉은 자세를 고쳤다. 혹시 나한테? 호종은 등을 세우고 바른 자세를 얼마간 유지했다가 몸을 슬그머니 돌려 뒤의 여자를 보았다. 여자는 신발을 신은 채 의자 위에 무릎을 세우고 있었다. 오른손은 호종과 마찬가지로 가림판 너머로 뻗고 팔꿈치를 무릎에 지탱한 왼손으로 이마를 받친 자세였다. 장소가 장소이니만큼 호종은 로댕의 작품을 떠올렸다. 젊은 여자가 고민이 있나. 있겠지. 없는 사람이 있으려고. 젊은이가 고민이 없으면 싹수가 없는 거다. 늙어 생각하면 별거 아니었다 싶겠지만.

아, 참……

여자가 공기 반 소리 반 짜증을 냈다. 호종은 움찔해서 또 몸을 바로 했다. 아, 참, 이라니. 그거 짜증 맞지? 화내는 거지? 지금 나한테? 나한테 왜? 궁금해서 한번 봤기로서니 뭘 그렇게까지. 호종은 처음부터 여자의 인상이 별로였다. 갤러리 문을 열기 전 여자는 골목길 초입에서 담배를 피우고 있었다. 호종은 쭈그리고 앉은 여자 앞을 지나쳐 갤러리 앞 벤치에 앉았다. 샛노랗게 칠해진 벤치가 너무 깨끗해서 앉아도 되나, 혹시 작품 아닐까, 잠시 망설인 끝이었다. 호종은 여자가 은근히 신경 쓰였다. 쭈그리고 앉아 전화기를 보며 담배를 피우는 모습이 꼭 어디선가 본 듯한 느낌이었다. 씨발, 몰라. 돈 준다니까

왔지. 잠도 못 자고. 오전의 이 지역은 너무나 조용해서 여자가 띄엄띄엄 내뱉는 소리가 호종에게까지 들렸다. 그 순간 호종의 머리에 한 사람이 떠올랐다. 준자 씨 간병을 갔던 병원 흡연 구역에서 몇 번 마주쳤던 분홍 바람막이 여자. 중년의 그 여자도 줄담배를 피우며 욕을 했다. 통화를 하지 않을 때는 게임을 했고. 그 여자를 마지막으로 봤을 때는 상복 차림이었는데 그때도 욕을 했다. 딸인가? 설마. 호종은 대뜸 그렇게 연결 지어보는 자신이 웃겨서 헛기침을 했다. 그게 마치 신호라도 된 듯 갤러리의 문이 열렸다. 선 채로 몇 가지 확인 질문과 대답이 오갔고 좀 많다 싶은 주의사항을 들은 후 의자로 안내되었다. 화장실에 다녀오니—예전 같지 않게 오래 걸려서인지—의자 앞뒤로 여자들이 앉아 있었고 바닥에 생수 두 병과 커피 한 잔, 떡 하나가 놓여 있었다. 뒤의 여자는 아까의 그 인상 안 좋은 젊은이였다. 호종은 어쩐지 하루가 만만치 않을 듯한 예감이 들었다. 뭐 그러거나 말거나지만. 시간만 때우면 된다.

시간은 거짓말처럼 천천히 흘렀다. 10분은 지났겠지 하고 확인해보면 4분 40초, 5분은 지났겠지 하고 보면 1분 30초였다. 공연히 등도 가려운 느낌이 들었고, 발가락에 쥐가 날 것도 같았다. 간혹 손에 쥐여진 이물질조차 반가울 지경이었다. 뭉친 승모근이 한 뼘은 높아졌지 싶었을 때 호종의 팔목에 무언가가 척 걸렸다. 팔목을 조금 움직여봤다. 늘어진 물체가 흔들리는 느낌. 가방인가. 별로 무겁진 않았다. 핸드백 같은 거겠지. 여자들 쓰는.

저쪽이 더 어울리지 않겠어?

가림판 너머에서 젊은 여자의 목소리가 들렸다.

뻔하잖아. 재미없게.

저쪽은 앞의 여자일까, 뒤의 여자일까? 호종의 깐에는 둘 다 작은 핸드백과는 어울리지 않아 보였다. 앞의 여자는 평소 천으로 된 배낭을 메고 다닐 것 같고 실제로 바닥에 요란한 꽃무늬의 천 배낭이 놓여 있었다. 뒤 여자는…… 모르겠다. 아들만 둘 둔 호종은 젊은 여자애들이 어떤 가방을 들고 다니는지 잘 몰랐다. 관심도 없었고. 비싼 건가? 호종은 문득 자신의 팔목에 걸쳐진 가방이 남들 말하는 명품 백인지 갑자기 궁금해졌다. 그게 뭐기에 뇌물도 그걸로 받는 건지 뉴스를 보는 동안 요령부득으로 이해가 안 됐다. 하나 사줄까? 미영이 언젠가 빈말이라도 명품 백 하나 사준다는 말이 없냐 했을 때 호종은 미영의 말한 그대로 물었다. 물었다기보다는 재생했다. 미영이 픽 웃으며 로또 되면, 이라고 답했다. 그것도 질문이라고 답은 해야겠다고 생각한 게 웃겨서 호종도 웃었다. 미영은 언제부턴가 에코백이라 부르는 흰색 천 가방만 들고 다녔다. 이게 젤 나아. 싸구려 든다고 아무도 뭐라 하지 않거든. 뭔가 의식 있어 보이고 말이야. 앞의 여자도 의식 있어 보이려고 저 가방을 들고 다닐까? 그냥 가벼워서 들고 다니는 배낭이면 좋겠다고 생각했다. 가방 하나까지 의미를 부여하는 피곤한 세상이라니. 호종은 그런 세상이 무섭고 무거웠다. 그리고 속절없이 소외당하는 기분에 사로잡혔고 자기만 버려둔 채 자꾸 변화하는 세상이 야속했다. 어린 자신을 떼어내고 자기들끼리 놀려고 멀리멀리 달아나던 그 옛날의 형들 같았다.

호종이 어린 시절을 보낸 집은 골목 끝집이었다. 기와가 얹힌 집의 안채는 그럴듯했는데 호종의 가족은 거기가 아니라 아래채의 방 두 칸에 살았다. 나름대로 안방과 작은방이 있었으나 할머니와 부모, 형들과 호종, 여동생과 남동생 육 남매로 구성된 가족들은 따로 정해진 자리 없이 그날그날 아무 방에서나 잤다. 어린 호종은 형들 옆에서 자고 싶었다. 졸린 눈을 비벼가며 형들이 잠들 때까지 기다리려 애썼지만 언제나 자기도 모르는 사이 잠들어버렸다. 아침에 일어나 보면 대체로 할머니 옆이나 부모 옆이었다. 실은 밤새 누구 옆에서 잤는지 몰랐다. 그들은 모두 호종보다 일찍 일어나 하루를 시작했기 때문이다. 그 시절 호종은 형들 따라다니는 데에 재미가 붙었다. 형들 옷을 입고 싶었고, 형들 신발도 신고 싶었다. 형들이 구슬을 갖고 놀면 그 구슬에 침을 흘렸고 딱지를 접으면 나도 하나만 접어달라고 칭얼거렸다. 문제는 형들이 자꾸 호종을 따돌렸다는 것. 나도 데려가, 나도 갈 거야, 나 좀 데려가. 호종은 우다다 뛰어서 도망치는 형들의 꽁무니에 대고 그렇게 소리치며 울곤 했다. 형들이 사라진 골목 끝이 어찌나 먼지 아득하기가 머나먼 우주 같았다. 물론 그때는 우주가 뭔지도 몰랐지만. 달이 스스로를 밝히지 않는다는 말도 형들이 자기를 놀리는 거라 생각했으니.

별로 무겁지 않다고 느낀 가방이 점점 부담스러워졌다. 얄팍한 가림판의 원형 구멍 테두리에 손목이 눌려 아팠다. 호종은 손을 조금 들어 테두리에 닿지 않게 했다. 시간이 지나자 팔이 뻐근해왔다. 이 여자들은 왜 가방을 가져가지 않나. 왜 이걸 척 보기에도 남자임이 분명한 자기 손목에 걸쳐놓았나. 아하, 이게 무거워서 내 손목에 걸쳐둔 걸까? 가져가쇼, 좀. 호종은 외치고 싶었다. 규칙: 손을 거두어들이면 안 된다. 이런 젠장. 대체 이 전시의 의도는 뭐란 말인가. 주제는 또 뭐란 말인가. 이제 겨우 두 시간이 지나가고 있었다. 12,000원×2시간. 24,000원. 다섯 시간 남았다. 60,000원. 도합 84,000원. 종일 앉아만 있는 대가가 84,000원이면 나쁘지 않지. 앞자리 여자는 태연하게 졸고 있었다. 앉아서도 떨어지는 고개를 재빨리 들어 올린 다음에는 천천히 아래로 떨어뜨렸다. 그걸 몇 번 반복한 다음엔 핸드폰 액정에 뜬 시각을 확인하는 눈치였다. 마음껏 졸 수만 있다면 어디든, 어떤 자세든 상관없는 졸음의 고수로 보였다. 피로가 쌓인 거겠지. 평소에는 육체노동을 하는 사람일까? 요식업 아니면 청소 아니면 돌봄 노동 같은 일. 저 나이의 여성들이 할 수 있는 육체노동은 대부분 그 세 가지로 수렴된다는 걸 호종도 알 만큼 알았다. 경험이 있거든. 비록 간접경험이긴 해도 말이다.

몸 쓰는 거 안 해봤으면 말을 마.

그렇게 말하고 미영도 곧잘 꼬박거렸다. 아니다. 쩨쩨하게 꼬박거리지 않고 대자로 뻗어서 코를 골았다. 미영은 원래 방귀도 화장실 들어가서 문 닫고 뀌는 여자였는데. 그러고 보니 그건 아직도 그런 것 같았다. 잘 때는 빼고. 여하간 미영은 구내식당에 다니면서부터 아프다는 말을 달고 살았다. 말만큼 파스도 달고 살았고. 미영은 호종 앞에 철퍼덕 퍼드리고 앉아서는 티셔츠를 훌렁 걷어 올렸다. 여기, 아니, 거기 말고, 아니, 아니, 거기 아니고 그 옆, 그 아래. 아이고, 그 근처에 그냥 다 붙여, 서너 장 붙여. 그것도 딱딱 못 붙이냐. 오백 원짜리만 한 파스였는데 호종은 그런 걸 처음 봤다. 동전 파스라고 했다. 좀스럽게 파스도 지폐를 안 붙이고 동전을 붙이냐? 호종은 오랜만에 제대로 된 농담을 한 것 같아 내심 흡족했다가 바로 한 방 먹었다. 내 신세가 그렇지 뭐, 어? 군데군데 파스 자국이 남은 미영의 등이 그렇게 반격했기 때문이었다. 호종은 미영이 당당하게, 혹은 무람없이 등을 훌렁 까뒤집는 바람에 다소 충격을 받았다. 미영은 굳이 분류하자면 약간 새침과 쪽에 가까웠다.

그랬던 미영이 이렇게 변하다니. 애처로움이 곧바로 따라왔다. 미영의 변화에는 그 누구보다도 자신의 탓이 크다고 호종은 오토매틱으로 자책하고 말았다. 세월이 아니라 자신의 이른 실직이 원인이라고. 실직하고 그대로 주저앉은 무능함이 더 큰 원인이라고.

호종이 그런 식의 연쇄적인 사유에 골똘해진 사이 갤러리의 공기가 바뀌었다. 한 무리의 일행이 들어선 느낌. 낮은 볼륨으로 끼리끼리 대화를 주고받는 소리가 들렸다.

하, 이게 뭐야.

누군가의 개탄과 오, 괜찮은데, 하는 짤막한 호평이 무협지 주인공들이 합을 겨루듯 오갔다. 어쩌라는 거야? 손이 다야? 서스펜디드? 뭐지? 하는 소리도. 얘는 운도 좋아, 이런 걸 전시회라고 잘도 하고 있네. 야, 누가 들어! 그만해! 웅성거리는 가운데 이런 대화가 호종의 귀에까지 닿았다. 그러니까, 이 기괴한 작품—호종은 아직도 이게 작품이라는 게 황당하기 짝이 없었다—이 자기한테만 낯선 장난처럼 보이지 않는다는 확증이 의외의 위로를 주었다. 그림도 조각도 아니고 설치미술이나 퍼포먼스라고 해야 하나? 평생 평범하게 살아온 넬모레 환갑인 아재에게 이런 건 미의식이고 뭐고 모르겠고 그저 애들 장난이나 다름없었다. 장난에 동참하고 일당, 아니 시급을 받다니. 그조차 호종에게는 한바탕 소동이나 다를 바 없어 보여 과

연 돈을 받을 수나 있을지 문득 못 미덥기도 했다. 설마. 그래
도 버젓한 갤러리에 꽤 관람객이 들지 않느냐고 불안한 마음
을 달래보다가 호종은 설사 이게 한바탕 사기극이라 해도 돈이
아니라 기껏해야 하루도 안 되는 시간을 날릴 뿐이니 손해 볼
건 없다고 미리 마음을 달랬다. 따지고 보면 그저 흘려보내는
시간이 얼마나 많았던가. 소파인간이라고 미영이 붙여준 별명
마따나 하루 종일 소파에 들러붙는 게 특기가 된 호종에게 이
런 건 일도 아니었다. 그런데 돈을 준다지 않나. 전 같으면 이
걸 누구 코에 붙이나 했겠지만, 동전 하나 벌어보지 못한 최근
의 경제 사정을 감안해보자고. 소파의 편안함과 허리를 세우고
앉아야 하는 의자의 불편함이야 비할 바가 아니었으나 그 모든
걸 감수하더라도 호종은 별 불만이 없었다.

　호종은 어수선해진 분위기를 틈타 팔목에 걸린 가방을 털어
버렸다. 웁스! 저절로 떨어져버렸네! 누가 뭐라 하지도 않았는
데 호종은 그렇게 중얼거렸다. 소리는 내지 않고 입 모양으로
만. 가방 주인이 한바탕 난리나 치지 않으면 좋겠다는 소박한
희망을 품고. 가림판 뒤의 소리 없는 외침은 물론 아무도 듣지
못했다. 호종은 그게 뭐든 먼저 털어낸 적이 없었다. 평생 경험
한 연애를 전부 차이는 걸로 끝냈다. 한 달 만에도 차였고, 삼
년 만에도 차였다. 한번은 세번째 데이트에서 차였다. 너무 딱
딱 맞는 숫자라서 잊지 못했다. 삼세번이라는 말도 있으니 말

이다. 네번째 연애에서 미영은 그나마 호종을 차지 않았다. 호종은 차이기 전에 얼른 결혼해버렸다. 삼 년을 채우면 차일 것 같아서. 호종이 청년이었을 때 연애는 삼 개월, 칠 개월, 아니면 삼 년일 때 끝난다는 말이 유행했다. 무슨 개똥 논리인가 하면서도 호종의 뇌리에는 말도 안 되는 연애론이 깊이 박혔다. 요즘 말로 하자면 가스라이팅이랄까.

어쨌거나 호종은 연애도 직장도 스스로 그만둔 적이 없었고 누가 뭐라지 않으면 현상 유지 쪽이 적성에 맞았다. 변화는 달갑지 않았다. 피곤했고 겁이 났다. 겁이 나서 피곤한 거였다. 그걸 나중에 저절로 알게 되었다. 어떤 일들은 티슈가 물에 젖듯 순식간에 깨달아지는 법이었다. 한 육십 년 가까이 살다 보면 말이다.

아이, 씨.

호종의 뒤통수에 짜증이 날아와 들러붙었다.

그래. 애초에 거기가 맞아.

아까 들었던 목소리였다. 호종은 회심의 미소를 지었다. 가방은 이제 뒤의 여자에게로 넘어간 듯했다. 그래, 혼자만 당할 순 없지.

그럼 여긴 뭐가 어울릴까?

음…… 손이 너무 곱지 않아? 임팩트가 없잖아, 임팩트가. 상처도 없고 하다못해 펜 혹 하나라도 그럴싸한 게 있어야지.

뭐 이런 손을 어쩌라고. 얘는 역시 안 된다니까. 전략이 없어. 아니, 전략만 있나? 전술이 없고. 둘 다 없는 건가? 어쨌든 이게 다 과대평가라고.

호종은 자신의 왼손을 들어 찬찬히 들여다보았다. 갤러리 조명은 밝은 편이 아니었고 가림판 안쪽은 상대적으로 더 어두웠다. 침침해진 호종의 눈으로는 손금도 잘 보이지 않았다. 그렇다고 자신의 손을 모를 수야 있나. 호종은 잘 알았다. 특징 없는 손. 하다못해 새끼손톱이라도 빨리 자라든가—더러워 보여서 평소에는 싫어했다—아니면 엄지손가락 끝이 몽톡하든가—키 작은 것도 서러운데 손가락까지?—그도 아니면 관절마다 옹이진 노동자의 손도 아니었으니 그런 말을 들어도 어쩔 수 없지. 그래도 이 손으로 아들놈들 클 때 기저귀도 갈아주었고 자전거도 가르쳐줬건만. 거기까지 항변해보다 호종은 갑자기 마음이 몽클몽클해졌다. 그놈들이 절로 생겼나. 이 손으로 한때는 미영과 뜨거운 밤을 보내기도 했었지.

거기까지가 좋았다. 오르막이 끝나자마자 낭떠러지로 곤두박질치듯, 몽클몽클하던 마음이 순간 바사삭 부서졌다. 늘어진 티셔츠를 훌렁 들어 올리던 미영의 등이 생각나서였다. 그 등의 파스 자국이 선명하게 떠올랐다. 그러다 뜬금없이 엉거주춤 선 채로 흘리던 준자 씨의 오줌도 떠올랐다. 발을 적시고 바닥에 고인 오줌을 본 준자 씨는 요양원이든 요양병원이든 어디라

도 빨리 보내달라며 울었다. 내가 백 서방 니를 이래 몬살게 군
다. 이라만 안 된다. 내가 죽지도 안 하고 이라만 안 돼. 준자
씨를 돌본 지 석 달째였다. 호종은 놀랍고 서글퍼서 그날 밤 혼
자 소주를 마셨다. 잠든 준자 씨가 깰까 봐 베란다에 나가서 병
째 들고 찔끔찔끔. 준자 씨는 그로부터 두 달 후 요양원으로 갔
고 해를 넘겨 지금까지 같은 곳에 있다. 호종은 자주 가겠노라
결심했지만 차비가 무서워 결심을 못 지켰다. 미영도 결국 엄
마 따라 그렇게 늙어가겠지. 그리고 나도. 허, 참. 몸이 갇혀 있
으니 별 쓸데없는 연상을. 호종은 고개를 세차게 저었다.

좋은 생각이 있어!

아직 안 갔나? 전략이니 전술이니 하던 목소리였다. 하지 마,
하지 말라고. 호종은 그렇게 소리치고 싶었다. 좋은 생각이라
니! 그야 너한테나 좋겠지, 이 자식아! 내 손은 그냥 내버려두라
고! 호종은 고함치고 싶었으나 꾹꾹 참았다. 규칙을 어기면 일
당을 못 받을지도 몰랐다. 일당을 받아야 준자 씨를 보러 갈 차
비가 생긴다. 시작이 반이니까 반은 지났고 또 두 시간 넘게 지
나갔으니 반 하고도 삼 분의 일 정도는 지나갔다. 도합 육분의
사 맞나? 그럼 삼분의 이 맞지? 다 돼간다. 그래, 이제 곧이야.

야, 그걸로 뭐 하게!

뭐 하긴. 보기나 해.

이 자식들아! 내가 원숭이냐! 호종은 이번에도 참았다. 대신

이 손도 살아 있는 사람의 손이랍니다, 라는 메시지를 전하기 위해 손을 흔들기도 하고 주먹을 쥐었다, 폈다 하기도 했다. 가만 좀 두라고, 이 자식들아!

차갑고 매끈한 손이 호종의 손을 잡았다. 이건 여자 손인가? 아니, 남자 손인가? 바깥 대화의 맥락상 남자 손이어야 맞는다. 악수할 때 말고 남자 손을 잡아본 적이 있었던가. 호종은 바짝 긴장한 상태에서도 유튜브를 2배속으로 보듯 생각 회로를 고속으로 점검했다. 있던가? 아니, 없었다. 그게 뭐? 어차피 타인일 뿐, 아무 상관없지. 호종은 공연히 어깨를 한번 들었다 놨다. 자신이 마치 영화 속 인물 같았다. 그러곤 바로 뒤의 여자를 의식했다. 이상하게 생각하겠지. 아니다. 뒤의 여자도 몇 번의 석연찮은 사건을 겪었을 수 있다. 어쩌면 벌써 사건에 따라 몸을 움찔거리거나 비틀거나 섰다 앉는 따위의 반응을 보였을 수도 있지. 호종은 예술 같은 건 별 관심도 없었고 아는 바도 없었지만 지금의 접촉은 다분히…… 까지 생각을 이어가다가 중단했다. 중단당했다. 뭔가 뾰족한 게 손바닥을 자극했기 때문이다. 칼인가? 설마. 영화를 너무 봤군. 그놈의 OTT. 펜촉 같은 것이 호종의 손바닥을 이리저리 긁어댔다. 지나간 자리마다 축축하고 시원한 느낌이 들었다. 잉크인가? 어색하기도 하고 간지럽기도 해서 호종은 손을 움찔거렸다. 상대는 잡은 손에 힘을 주었다. 악력이 있는 편이었다. 호종은 별수 없이 순순히 손을 맡겼다.

　가림판 저쪽의 분위기가 좀 바뀌는 듯했다. 공기가 팽팽해진 듯도 했고, 약간의 열기가 생긴 듯도 했다. 가벼운 발소리가 호종 가까이 모여들었다. 숨소리, 낮은 말소리들도. 상대가 호종의 손을 뒤집었다. 호종은 자신의 손에 대한 통제권을 박탈당했다. 하긴 손뿐일까. 아까부터 이동권도, 표현권도, 딱히 말로 설명할 수 없는 무언가를 송두리째 내어준 기묘한 열패감이 호종을 압박하고 있었다. 이번엔 손등인가. 열패감을 뚫고 호기심이 목을 내밀었다. 어디 두고 보자. 아까의 뾰족한 끝이 손등을 이리저리 훑다가 잠시 후 뭉툭한 것이 빠른 속도로 손등을 문질렀다. 그러고는 다시 뒤집어 손바닥으로. 아하, 뭔가를 그리고 있나 본데. 뭘 그리고 있을까? 자신의 손이 캔버스가 된다면, 그것도 프로 작가의―아무래도 상대는 작가가 아닐까― 그림이 손에 남는다면, 그래봤자 저녁이 되면 사라지겠지만, 그리 나쁘지 않을 거 같았다. 기념으로 사진을 찍어둬야겠다. 누구한테 자랑하지? 호종은 흐뭇하기까지 했다. 그런데 대체 뭘 그리는 걸까? 손금을 따라 그리는 것 같기도 했고 손가락 관절마다 공들여 터치하는 것 같기도 했다. 입김을 훅 부는 것 같기도 했고, 손가락 끝으로 문지르는 것 같기도 했다.

　뭐? 지금? 안 돼.

　앞자리의 여자가 큰소리를 냈다. 어, 저래도 되나? 호종은 자기가 다 조마조마했다. 어느새 호종의 마음은 앞자리 여자보다 자신의 손에 작품을 남기고 있는 미지의 작가—아마도—에게로 기울고 있었다. 이봐요, 아주머니. 협조를 해야지요. 좀 불편해도 참아보라고요. 호종은 당장이라도 관계자가 가림판 뒤로 달려올 것 같았다. 가림판은 한 사람이 몸을 비틀고 겨우 지나갈 수 있을 정도의 공간만 남기고 모서리 쪽으로는 꺾여 있었다. 호종은 나가려면 앞자리 여자 옆으로 몸을 틀어서 옆걸음으로 나가야 했다. 관람객이 있을 때는 가급적 화장실도 좀 참았다가 한가할 때 가라는 요청을 받았던지라 호종은 여태 한 번도 나가지 못했다. 뒤의 여자는 그새 두 번이나 나갔다 왔다. 정말 화장실에 다녀온 건지 의심스러웠다. 돌아와 호종의 옆을 지날 때 담배 냄새가 확 풍겼기 때문이다. 뭐, 그럴 수도 있지. 그래놓고 호종은 조금 억울해졌다. 앞 여자는 통화 중인 듯했다. 한숨을 푹 쉬더니 상대를 달래다가 짜증을 냈다.

좀 기다려봐. 저녁때나 돼야 간다니까. 냉장고에 다 있어. 어이쿠.

그리고 잠잠. 전화를 끊은 모양이었다. 여자는 길게 숨을 내쉬며 어깨를 잔뜩 움츠렸다. 여자의 마지막 어이쿠는 통화 때문이 아니었다. 여자는 마치 간지럼을 타는 사람처럼 몸을 꼬았다. 그러고 보니 호종의 손이 풀려나 있었다. 아하, 다음 작업에 들어갔군. 호종은 잠깐이라도 손을 거두어 확인해보고 싶었다. 그래도 될까? 안 될까? 아직 보고 있겠지? 저쪽으로 관심이 옮아갔을 테니 슬쩍 화장실에 가는 척해볼까?

어지간히 해. 마리나가 아니야.

뭘. 진짜도 아닌데. 이건 물감이라고.

그래도 지우려면 애는 좀 먹겠다고 호종은 생각했다. 여자는 손을 빼려는지 끙끙거리면서 상체를 돌려 호종을 쳐다보았다. 도움을 청하는 걸까, 그저 공감을 구하는 걸까? 아픈 건 아닌 것 같았다. 설마 다치게야 할까? 여자의 표정은 뭐랄까, 적절하지 않은 비유일지 모르겠지만 마치 전혀 마음에 없는 남자가 자꾸 손목을 잡으려는데 상대의 체면과 향후의 관계를 고려해 매몰차게 뿌리치지 못하는 어린 여자애의 난감한 얼굴과 비슷했다. 나이 든 여자에게도 저런 표정이 있을 수 있구나. 거의 울상이 된 사람한테 웃어 보일 수도 없고, 같이 울상을 지을 수도 없고. 곤란하다, 곤란해. 호종은 얼른 눈을 감고 자는 척했다.

그런데 아까 뭐라고 했지? 마리나가 아니라고? 마리나가 누구야? 마리나라면 저기 남쪽 어디 있는 리조트 이름 아니야? 호종은 잠시 기다렸다 눈을 가늘게 떠보았다. 여자는 앞을 보고 있었다. 허벅지 위에 전화기를 놓고 '마리나 예술'을 검색창에 쳐 넣었다. 왼손으로는 익숙지 않아 몇 번이나 오타를 낸 끝에 성공했다. 마리나라는 이는 유명한 예술가였다. 새빨간 드레스를 입은 행위예술가. 호종은 혼자 웃었다. 이보세요, 아줌

마. 영광인 줄 아셔야지. 아니라곤 했지만 그래도 비교당한 게 어디요. 밖에서 여기가 안 보이는 게 신의 한 수라고. 아니지, 저기가 안이고 여기가 밖인가? 아니, 이렇게 좁아터지고 막힌 공간을 밖이라 할 수는 없지. 여기는 그러니까…… 안도 아니고, 그렇다고 밖도 아니고…… 에라, 그게 뭐 중요해. 그냥 시간만 때우면 된다니까.

호종은 여전히 손을 내민 자세로 어깨와 머리를 왼쪽 벽에 기댔다. 이번엔 진짜 잠깐 졸 요량이었다. 얼마 못 가 호종은 감았던 눈을 떴다. 잠은 오지 않고 행위예술가의 잔상이 자꾸 떠올랐다. 다시 핸드폰을 열어 동영상을 띄웠다. 소리를 죽이고 화면을 봤다. 가만히 앉아 테이블 너머의 관객과 눈을 맞추는 모습, 울기도 하고 웃기도 하는 관객들. 어쩌라고. 그다음에 본 마리나의 어떤 작품—그런 걸 왜 하는지 모르겠지만, 또 그런 걸 작품으로 부르는 것도 이해가 안 되지만—은 너무 폭력적이었다. 준비된 끔찍한 물건들로 자신에게 어떤 짓을 해도 괜찮다고? 예술가도 참 먹고살기 어렵네. 호종은 진심으로 연민했다. 하긴 존 레논이랑 그 일본 여자, 이름은 까먹었지만 그 여자도 그 비슷한 걸 작품이라고 했다던데. 입고 있던 옷을 가위로 다 잘라버렸다던가. 그쪽은 먹고살 만하면서 말이야. 시답잖다, 다 시답잖아. 호종은 다시 눈을 감았다. 술렁거리는 공기와 낮은 말소리들이 화이트 노이즈 역할을 하여 호종은 잔물

결 아래의 모래처럼 졸음에 젖었다.

어수선한 꿈들 사이를 헤매다 깨어난 건 주변의 소란 때문이었다. 뒤의 여자가 갑자기 비명을 질렀다. 그리고 홰를 치듯 푸드덕거리는 앞의 여자. 그러고 보니 호종의 손을 잡은 누군가 손가락 관절을 꺾고 있었다. 뚝뚝 꺾이는 느낌이 호종에게 뚜렷하게 전해졌다. 아주 잘근잘근 씹히듯 하나하나 알뜰하게 꺾이는 느낌. 기분이 더러웠다. 호종은 상대의 손을 꽉 잡았다. 손은 멈칫했다가 손목을 비틀어 빠져나갔다. 호종이 빠져나가게 두었다는 말이 더 맞을 것이다. 그만하면 경고의 표시는 되었겠지. 그 잠깐 사이에 뒤와 앞의 여자가 자리에서 일어났다. 앞의 여자가 욕을 하며 가림판 바깥으로 나갔다. 뒤의 여자가 앞의 여자를 따라 밖으로 나갔다. 나가려고 했다. 당혹감 때문이었는지, 분노 때문이었는지 다급하게 움직이던 여자가 호종을 밀쳤다. 호종은 의자에 앉은 채 가림판 쪽으로 무너졌다. 가림판도 따라 무너졌다. 두 여자는 몰려든 관객들 틈에서 소리를 질렀다. 이게 뭐야! 이게 무슨 예술이야! 내 손에다 무슨 짓을 하는 거야! 앞자리 여자의 손은 피투성이였다. 아니, 정확하게 말하자면 물감이나 페인트 같은 것? 여자는 손을 허공에 대고 흔들며 손에 묻은 액체를 뿌렸다. 붉은 핏방울, 아니 물감 방울이나 페인트 방울이 누군가의 옷자락에, 누군가의 얼굴에 튀었다. 뒤의 여자가 쫓은 건 사람이 아니라 개였다. 개가 아니라 개의 주인이었나? 호종은 잠깐 어리둥절했다가 사태가 짐작되었다. 그러니까 개가 그 여자의 손을 핥았던 건가? 핥도록 개의 주인이 시켰던 건가? 아니, 그게 아니라 개를 시켜 손에다 오줌을 누게 한 건가? 몇몇 사람이 코를 막고 있는 모습이 눈에 들어왔다. 뒤의 여자는 누군가의 옷에 손을 문질러 닦으면서 욕을 했다. 씨발. 하네스를 쥔 젊은이가 몸을 비틀며 히힛, 웃었다. 개가 화난 여자를 향해 맹렬하게 짖었다.

가림판은 호종이 깔고 넘어지는 바람에 움푹 패고 받침대가 비뚤어졌다. 호종은 누운 것도 엎드린 것도 아닌 어정쩡한 자세로 이 모든 광경을 현실이 아닌 듯 바라보았다. 그러다 호종의 눈길이 멈춘 곳은 천장이었는데 그곳에는 가림판 안쪽—안과 밖의 구분은 이미 사라지고 말았지만—까지 포함하여 갤러리의 전경이 부감으로 찍혀 재생되고 있었다. 실시간이었다. 호종이 천장과 그 아래를 번갈아 바라보는 사이 두 여자가 호종의 시선을 따라 아래위로 고개를 움직이더니 거의 동시에 비명을 질렀다. 이게 뭐야! 이게 뭐냐고! 왜 허락도 없이 이런 걸 다 찍냐고! 두 사람은 분노 8에 공포 2 정도의 표정으로 소리를 질러댔다. 관람객들 몇은 낄낄거렸고 몇은 안절부절못했다. 몇은 팔짱을 긴 거만한 자세로 이 모든 소동을 조용히 지켜봤다.

호종은 천천히 일어나 앉았다. 갤러리 바닥은 딱딱하고 차가웠다. 붉은 액체가 점점이 뿌려져 있었고, 테이크아웃 컵과 생수병도 굴러다녔다. 밟혀서 납작해진 초콜릿바와 휴지 조각과 개의 오줌으로 보이는 노란 액체도 눈에 띄었다. 묵직해 보이는 자루도 하나 떨어져 있었다. 그리고 이 아수라장을 담느라 카메라 셔터를 빠른 속도로 눌러대는 사람이 있었다. 그가 전시 관계자인지 아닌지는 분명치 않았고 별로 중요하지도 않아 보였다. 그래도 된다고 생각했는지 두어 명이 더 자신의 전화기로 동영상을 찍고 있었으니까. 물론 그들의 모습도 천장에 재생되고 있었고. 그러고 보니 언제부터였는지 실내의 조도가 한껏 낮아져 있었다. 낮아진 조도에 대비되듯 호종의 머릿속은 절대 켜지지 않겠다고 버티며 깜빡거리던 형광등인 양 팟, 하고 켜졌다.

아하, 그러니까 이 전시는…… 이제 좀 알겠네.

잔뜩 찡그린 상태였던 호종의 얼굴이 부드럽게 펴지고 짙게 패인 팔자주름은 더 깊어졌다. 호종은 천천히 일어났다. 자신의 웃음소리가 점점 커지는 것을 의식했으나 내버려두었다. 우는 것보다 낫지. 그런 마음으로 주변을 다시 한번 둘러보았을 때 몇몇 사람이 카메라로 호종을 클로즈업하는 느낌이 들었다. 호종은 흐트러진 머리칼을 쓱쓱 매만졌다. 갤러리 안 모든 사람들이 호종의 움직임에 주목했다. 호종은 마치 자신이 무대 위의 원 톱이 된 듯 진지한 표정으로 한 사람 한 사람과 잠시 눈을 맞추며 머리 모양을 정돈하고—별로 정돈할 여지가 없는 숱과 길이였다—옷매무시를 가다듬었다. 어떻게 해서 그런 장면이 연출되었는지 호종도 알 수 없었다. 그것은 호종의 계산된 의도가 아니었다. 그저, 그렇다면, 이라는 어쩌면 순응, 어쩌면 도전일 마음이 시키는 대로 했을 뿐이었다. 호종은 쓰러진 가림판을 일으켜 세웠다. 비뚤어진 받침대를 발로 탁탁 차서 구십도 각도로 바로잡았다. 앞뒤 두 여자가 그런 호종을 바라봤다. 저 아저씨가 제정신인가, 하는 표정으로 입을 딱 벌린 채. 누군가 손뼉을 쳤다. 한 사람이 시작하자 또 한 사람이, 그러자 두 사람이 더, 관람객들 모두가 박수를 보냈다. 촬영을 하느라 손이 묶인 이들은 환호성을 지르거나 휘파람을 불었다. 호종은 어쩐지 우쭐해지면서 목구멍까지 뭔가 치밀어 오르는 느낌이었다. 인사를 할까 하다 쑥스러워 못 들은 척했다.

호종은 가림판 뒤로 다시 들어갔다. 호종은 잠시 자신의 손을 위아래로 뒤집어가며 살폈다. 손톱에서 손목까지 빈틈없이 무언가가 그려져 있었는데 도무지 그 형체를 알아차릴 수 없었다. 언뜻 보면 뱀이나 용 같기도 했고, 달리 보면 밧줄이나 덩굴식물 같기도 했지만 호종은 마음이 조급해 더는 살피지 못했다. 구멍 안, 아니 바깥으로 팔을 다시 뻗었다. 박수 소리가 더 커졌다. 누군가 휘파람을 길게 불었다. 호종은 편안한 자세로 의자에 앉아 목과 어깨를 으쓱여 몸을 한번 푼 다음 차분하게 시각을 확인했다. 아직 세 시간 넘게 남아 있었다.

K-아재의
깨물근

이탁은 방을 나서며 자기도 모르게 욕을 내뱉었다.

에이, 씨팔!

두시 방향 원탁에 앉은 늙수그레한 남자가 제꺽 반응했다. 고개를 홱 돌려 째리는 폼이 여차하면 한판 붙을 태세였다. 이탁보다 대여섯 살은 족히 많아 보였고, 불룩한 배 말고는 그다지 듬직한 데도 없는 몸이었다. 짧은 순간 이탁은 갈등했다. 뭐요? 하고 한번 질러봐? 아서라, 말자. 그 옆에 앉은 사내의 팔뚝이 장난 아니었다. 헐렁한 티셔츠 속 탄탄한 복부에는 초콜릿 복근이 숨겨져 있을지도 몰랐다. 한마디로 장쾌한 체격의 소유자였다. 말할 것도 없이 원탁 영감의 도발적 눈빛은 일행

덕분이었을 터.

이탁의 나이 어느덧 예순넷. 아무리 욱하더라도 누울 자리 보고 발 뻗을 요량은 있다. 비록 저절로 튀어나온 욕은 못 막았어도. 이탁은 스파크가 튀듯 부딪친 시선을 잽싸게 거두어 바닥에 내리꽂았다.

에이, 신발이…… 어디…… 갔냐……

이탁은 어지럽게 흩어진 남의 신발들 사이 진작 알아본 자신의 운동화를 뻔히 보면서, 취한 중에도 더 취한 듯, 스무 짝쯤 되는 신발이 족히 두 배로 보인다는 듯, 혹은 애당초 무얼 신고 왔는지 기억나지 않는다는 듯 우물쭈물 시간을 끌었다.

이탁을 대신하여 실상을 털어놓자면 그의 의지와 상관없이 자동적으로 욕이 튀어나온 이유는 간단했다. 하필이면 오늘 같은 날 끈도 없는 운동화를 신고 나올 게 뭐냐. 말하자면 비루하고 치사한 일이지만 그에게도 남들 다 갖추고 사는 요령이 몇 개 장착되어 있는데, 그중 하나가 술자리를 털고 일어설 때 일행 중 가장 늦게 출입문 쪽으로 가는 것이다. 요컨대 계산대 앞을 가장 늦게 지나치는 것. 이건 뭐 하나 마나 한 이야기고 쓰나 마나 한 기술인 셈인데 그런 것치고는 성공 확률이 어느 정도 보장된, 이를테면 K-아재들의 황금률 아니겠는가. 순금이라기보다는 싸구려 멕기에 가깝다고 해야겠지만.

오늘 같은 날이면 이탁은 멀쩡하게 잘 묶여 있는 운동화 끈

을 묶는 시늉을 하느라 고개를 처박고 시간을 끄는 기술을 쓰
곤 했는데, 그렇다고 일행들이 그걸 못 알아차리지는 않았다.
제4의 아재가 쩝, 하고 대범하게, 그러나 다 안다는 표정으로
먼저 나가는가 하면, 제2의 아재가 빨리 신으라고 뒤에서 등을
툭툭 건드리며 재촉하기도 하고, 제3의 아재는 자신이 제일 먼
저 신발을 신은 것을 깨닫고 슬그머니 화장실로 사라지기도 하
는 식이다. 이러면 승부는 제3의 아재의 완승이 되느냐? 천만
에. 주춤거리며 화장실로 들어가는 그의 뒤를 느적느적 따르는
자가 있었으니 바로 이탁이었다. 이런 각고의 노력으로 이탁
은 어떻게든 승자가 될 수 있었지만 글쎄, 그걸 승자라고 하기
에는 어폐가 있겠다. 비루하다 해야 할까, 너절하다 해야 할까,
한마디로 상처뿐인 영광, 아니, 영광 없는 승리라고나 할까. 그
만하면 어엿한 대한민국 제1의 아재라 할 만했다.

　하긴 이탁이 여기서 만나자고 한 건 아니었으므로 혹시라도
계산을 떠맡게 된다면 상당히 억울했을 것이다. 딴엔 싸게 먹자
고 약속 장소를 여기로 잡았겠지만 이젠 더 이상 삼겹살이 싼
고기도 아닐뿐더러 이탁 일행에겐 싼 고기랄 게 없어진 지 좀
된다. 고깃값이 야금야금 오른 세태를 감안하더라도 고기야 변
할 턱이 있나. 변한 건 이탁 일행이고 그것도 사람이 변했다기
보다 사정이 변했다고 해야 옳다. 다 알면서도 변한 사정에 적
응하는 건 고통이었다. 이탁만 하더라도 하루에 몇 번씩 '왕년

에'가 튀어나오는 걸 순발력 있게 꼭꼭 씹어 삼키지 않았던가. 너무 씹어 턱이 뻐근하고 어금니가 욱신댈 정도가 아니던가.

십 년 전에는 유명한 갈빗집이나 일식집의 룸을 잡아 만났고 이차로 룸살롱까지는 몰라도 룸 카페 정도는 갈 수 있었다. 그때는 죄다 바빠 계절에 한 번쯤 만났다. 넷 중 하나가 명퇴를 했을 때까지도 그럭저럭 그 정도 수준은 유지되었다. 2번 타자로 이탁이 은퇴를 하고 나자 이차는 술을 마실 수 있는 노래방으로 바뀌었고 두 달에 한 번 정도 만나게 되었다. 그러던 것이 최근 들어 경제 활동인—소비가 아니라 생산 면에서—이 단하나 남은 상황이 되자 오늘처럼 삼겹살집에서 모이게 된 것이다. 게다가 이제는 달에 두 번도 만난다. 부족한 건 화폐이지 시간이 아니니까.

그나마 아직은 고기가 익는 족족 집어다 먹을 수 있다. 오늘도 넷이서 딱 8인분을 해치우고 일어선 참이다. 부지런히 씹고 삼키던 중 잇몸이 몇 번 시큰했으나 이탁은 별로 개의치 않고 아픈 부위를 살살 피해가며 본인 몫의 2인분을 해치웠다. 이런 은혜는 대체로 자리에서 가장 먼저 일어나 계산대로 가곤 하는 유일한 경제 활동인인 임대사업자로부터 나왔다. 요즘 같은 불황에는 백수가 낫다고 소맥 한 잔에 한숨 한 번 내쉬는 것만 빼면 그런대로 훌륭한 물주이자 그 이름도 찬란한 임대사업자! 세 백수는, 아니 은퇴자는 그가 한숨을 내쉴 때마다 잔을 들어

짠 부딪치며 기분을 맞춰줬다. 왜? 이놈이 돈 낼 거잖, 아, 아니고, 친구잖아.

대학 동기인 네 사람은 크라잉넛처럼 군대까지 같이 간 사이는 아니지만 이만하면 의리 있는 축에 속한다고 자평들을 했다. 말이 난 김에 이만하면, 의 대표적 사례를 꼽자면 제2의 아재가 넷 중 일착으로 결혼했을 때 남도 신혼여행에 따라붙은 일이다. 그 시절 보기 드물게 차를 굴리던 임대사업자가 기사를 뛰마 했고, 혼자는 진짜 눈꼴시어서 어떻게 가겠냐는 말에 나머지 둘도 억지 휴가를 내고 따라붙은 거였다. 이런 걸로 잘릴 회사라면 안 다니는 게 낫다고, 속으론 쫄면서도 겉으론 그런 만용을 부려보았으니 그때가 호시절은 호시절이었다. 승용차 뒷좌석 가운데 자리에 탄 신랑은 좌 신부, 우 친구를 거느리고 호위를 받으며, 아니, 신부의 눈총과 친구의 눈치 없음 사이에서 진땀을 빼며 3박 4일을 보냈다. 그 땀의 성분 중 상당 비율은 알코올이었고.

그때부터였어. 우리가 삐거덕거린 건.

제2의 아재는 두고두고 그 일을 안주 삼아 술잔을 꺾었다. 딴은 아주 엉터리없는 핑계는 아니었으나 그렇다고 전적으로 그 때문은 아니었음을 너도 알고 나도 알고 모두 알았다. 다만 아무리 죽고 못 사는 친구여도 신혼여행에 따라붙은 건 신부에게 이루 말할 수 없는 앙재였음은 누구도 부인하지 못했다.

삐거덕으로 말하자면 이탁도 할 말이 있었다. 많았다. 그중 딱 하나만 말해보자. 이탁은 사실 그리 급한 성격이 아닌데 어쩐 일인지 과속을 했다. 속도위반으로 과속 딱지를 뗀 게 아니라 급하게 날을 잡고 단칸방으로 살림을 난 것이다. 아내는 처녀가 애를 밴 게 낯부끄럽다고 사표를 냈다. 그런 시절이었다. 단칸방 살림은 그야말로 단출했다. 신혼집이 아니라 어디까지나 임시 거처라고 못 박았지만 그 방을 벗어나는 데는 이 년이 넘게 걸렸다. 상당히 늦은 결혼이었음에도 모아놓은 돈조차 변변치 않아서 아내는 물론이고 처가 식구들 앞에 서면 어깨가 내려앉았다.

자석을 놓게 됐으이 니도 인자 가장이데이.

살림을 차릴 때 이 말과 함께 할아버지가 선물이라고 준 물건은 커다란 재떨이 세트였다. 진짜인지 가짜인지 알지 못할 옥 재떨이. 육중한 장방형 받침대와 뚜껑 달린 재떨이, 수류탄 비스무리하게 생긴 라이터가 세트였다. 이탁은 불을 댕기는 행위가 꼭 수류탄의 안전핀을 뽑는 것처럼 느껴져서 께름칙했다. 요 녀석을 잘못 갖고 놀다가는 얼떨결에 한 결혼이 초전박살 날 것 같은 이상한 예감에 시달렸던 것이다.

그의 불안을 알아차리기라도 했던지 개밥그릇도 옥이라는 춘천 태생 아내는 이탁이 신혼 방에 부려놓은 옥 재떨이를 장롱 위에 올려놓았다. 이탁이 그 선물이라면 선물이랄 물건을 달갑게 여긴 것은 아니었지만, 아내가 대뜸 그것을 천장 바로 아래 처박아두자 슬그머니 부아가 치밀긴 했다. 그러나 어쩌겠는가. 아내는 잉태 중이었고, 이탁은 방 안에서 담배를 피울 정도로 무감한 혹은 뻐딱한 권력자는 아니었다. 아니었고, 현재도 아니다. 오히려 언제부터인가 쩔쩔매며 아내의 눈치를 살뜰하게 보고 있다.

이탁이 받아들고 나서도 황당했던 그 물건을 할아버지가 굳이 살림이라고 물려준 데에는 나름대로 이유가 있었다. 할아버지는 수십 년간 거실 탁자 위에 그 물건을 턱 올려두고 지내면서 실내 흡연을 즐겼고, 고희 기념으로 담배를 끊은 이후로도 항상 반들거리는 상태를 유지시켰다. 유지한 것이 아니라 유지시켰다는 데에 방점이 있다. 유지의 주체는 집안 식구들 중 누구든 상관없었지만 여자에 한해서였다. 할머니 생전에는 할머니가, 그다음은 이탁의 어머니, 그다음 순서가 이탁의 아내였으나 재떨이 당번은 2대로 끝장났다. 성급하게 털어놓자면 이탁은 할아버지의 기대와 달리 그 재떨이를 사용한 적이 단 한 번도 없었을 뿐 아니라 꽤 오래 장롱 위에 놓였던 그것은 아파트 살림을 시작하고 안방에 천장까지 닿는 붙박이장을 짜 넣은 후 베란다 창고에 처박히고 말았다.

그때까지 삼십 년 가까운 세월 동안 이삿짐을 쌀 때마다 재떨이는 아슬아슬하게 위기를 넘겼다. 옥이어서 옥빛이었던 그

것이 부산한 짐 정리 시기마다 새파랗게 질린 척을 하는 것 같아 이탁은 자기 속옷이 든 서랍 맨 아래에 깊숙이 숨겨두곤 했다. 이사를 하고 짐 정리가 끝나면 거기가 마땅한 자리라는 듯 장롱 위에 다시 올려두었고. 십 년, 이십 년이 지나면서부터는 마치 그 물건이 옛날식으로라면 터주신이라도 되는 듯 든든하고 느껍기까지 했다. 그러나 새집에서 장롱 위의 재떨이를 발견할 때마다 아내는 가만히 있지 않았다. 이사 전후로 쌓인 스트레스를 재떨이를 또다시 사수한 남편에게 풀곤 했던 것이다. 애초에 거기를 자리로 정한 사람이 바로 아내 자신이라는 사실을 완전히 잊었던 걸까. 이탁은 그 점이 무척이나 신기하기도 하고 의심스럽기도 했으나 확인해볼 엄두는 나지 않았다. 국지전이 전면전으로 확대되는 건 피해야 했다. 길고 긴 싸움을 종식시킨 아내의 묘수는 붙박이장이었다. 이탁은 완패했다. 완패는 했으되 붙박이장이라는 공교한 명분을 마련해준 아내에게 이탁은 감탄과 감사를 아끼지 않았다. 물론 속마음으로만 그랬다. 그 정도의 자존심은 남아 있었다.

이탁이 신발을 찾는 시늉을 하는 동안 그 머릿속에 이런 과거가 파노라마처럼 지나갔다고 치자. 그런 과거가 지금의 그를 이토록 비열하게, 짠하게, 한심하게, 능청스럽게 구는, 어디 내놔도 손색없는 K-아재로 만들었다고 치자. 어쨌든 이런 식으로 해서 오늘도 삼겹살집의 계산서는 자연스럽게 임대사업자에게로 넘어갔다.

간다.

삼겹살집 입구에 어정쩡하게 서 있던 제2의 아재가 툭 한마디를 내뱉었다.

어딜?

이탁이 물었다. 아직 혀는 꼬이지 않았으나 달랑 두 글자밖에 안 되는 말이 느리게 만들어졌다.

어디긴. 집밖에 더 있겠냐?

제3의 아재가 못마땅한 기색으로 대신 답했다.

노래방 안 가고?

이탁이 말도 안 되는 소리 하지 말라는 투로 확인했다.

노래방? 노래방! 그래, 우리가 노래방 가야지! 집에는 그까이 꺼 뭐 안 가도 그만이지!

갑자기 태도가 돌변한 제2의 아재가 이탁의 옆구리를 잡아끌었다. 그럴 거면 왜 집에 간다고 한 거냐, 우리가 애인도 아니고 지금 밀당하냐, 네가 언제부터 그렇게 집, 집, 했냐는 말을 주섬주섬 주워섬긴 건 임대사업자였다. 임대사업자는 제2의 아재를 갈구는 데 재미가 났는지 점점 흥을 내더니 해서는 안 될 말까지 해버렸다.

돈 낼 것도 아니면서. 노래방비 내라고 할까 봐?

이 말에 발끈한 건 제2의 아재였고, 뜨끔한 건 이탁이었다.

이 대목에서 짚고 넘어갈 게 있다. 그러면 노래방비는 그동안 누가 냈느냐? 어쩌면 나머지 셋은 아무 생각 없었는지도 모르지만 이탁만은 그렇지 않았다. 최근 삼 년 동안 한 번도 내지 않은 사람은 이탁이었고, 그 사실을 아는 사람은 아마도 이탁 본인이 유일할 거였다. 아닌가? 혹시 임대사업자도 알고 있었을까? 어쩌면 제2, 제3의 아재까지 알고 있었을지도. 대범한 척하면서도 속으로는 소심하게 꼽아보곤 했을까? 한창 잘나가던 때와는 달리 노래방비도 최근에는 부담스러운 금액이 되어버렸으니까. 게다가 물가는 좀 많이 올랐나!

야이, 씹새끼야!

제2의 아재가 갑자기 임대사업자를 배로 밀었다. 이 장면은 아무래도 갑작스럽고 짠했다. 갑작스럽기로는 임대사업자의 빈정거림에 대응하는 발화와 행위가 중간 단계를 생략한 듯 강도 높았다는 점을 들어야겠고, 짠하기로는 굳이 배로 밀려는 의도가 있었던 것은 아니나 신체 중 단연 전진 배치된 배의 곡도 때문에 제2의 아재가 밀었다기보다 임대사업자가 밀렸다는 말이 정확하다는 점을 들어야겠지.

밀었냐, 지금? 야, 이 씨팔새끼야!

임대사업자가 양어깨를 번갈아 내밀며 제2의 아재를 밀쳤다. 아니, 밀치려 했다. 문제는 어깨가 서로 닿기 전 예의 그 곡도 높은 배가 임대사업자를 튕겨낸 거다. 임대사업자의 당황과는 별도로 제2의 아재의 표정은 어리둥절했다. 의도와 달리 필요 이상의 힘을 발휘한, 이토록 주체적인 배라니!

야, 야, 가자!

제3의 아재가 임대사업자를 껴안고 먼저 노래방을 향해 걸었다. 이탁도 같은 포즈를 취하며 제2의 아재를 껴안으려는 순간 두 팔이 허공에서 엇갈렸다. 제2의 아재가 땅바닥에 철퍼덕 주저앉았기 때문이다.

내가…… 내가 말이다, 이 새끼야……

제2의 아재가 알코올 섞인 숨을 후우 하고 길게 내뱉었다. 이탁은 옆에 쪼그리고 앉았다.

담배 있냐?

제2의 아재가 글썽거리는 눈을 하고 물었다.

끊었지, 새꺄. 너도 끊었잖아. 십 년도 더 전에.

이탁의 대답에 제2의 아재는 아까보다 더 길게 숨을 몰아쉬었다.

사 올까?

이탁이 조마조마한 심정으로 물었다. 이건 순전히 우정으로 한 말이지, 정말 사 오라면 어떡하나 싶기도 했다. 샀다가 다시 피워 무는 날엔 끝이다. 수없이 시도하고 실패하고 또 시도한 끝에 제대로 끊은 게 겨우 삼 년이나 됐나. 하긴 담배는 끊는 게 아니라 참는 거라지만. 앞서 걸어가던 제3의 아재가 자꾸 뒤돌아보며 손짓했다. 조급해진 이탁이 일어서며 팔을 잡아 끌었다. 다리를 마름모꼴로 벌리고 주저앉은 제2의 아재 궁둥이는 땅바닥에 딱 붙어 떨어지지 않았다. 실력 좋은 용접공의 작품 같았다.

내가!

제2의 아재가 눈을 부릅뜨고 이탁을 올려다보았다. 어느새 눈의 물기는 가셔 있었고 대신 흰자위가 빨갛게 충혈이 되어 있었다.

어제 계약했다!

무슨 계약?

집!

이탁은 눈을 둥그렇게 떴다. 이미 술기운이 올라 크게 뜨기도 쉽지 않았지만 어쨌든 이마를 잔뜩 찌푸려 눈꺼풀을 들어올렸다. 눈꺼풀은 처진 지 오래여서 다 올려봐야 제대로 올라가지도 않았다.

이야아! 집을 샀어? 아들 주려고?

부러움과 존경심이 이탁의 물음에 광휘를 둘렀다. 이탁의 아들이 전세대출을 받고도 월세를 끼고 허덕이며 신혼을 시작한 걸 보며 그래, 나보다 낫지, 반지하 단칸방에서 시작한 나에 비하면 괜찮지, 라고 자위했다. 그런 말을 하지는 않았다. 해봐야 꼰대 취급이나 당할 거고, 녀석이 내심 원망하고 있을 것 같아

서. 행여 아들 며느리가 집 이야기를 꺼내면 어쩌나 도리어 전
전긍긍했다. 그런데 이놈은 집을 또 샀다고? 언제 무슨 수로
그렇게 돈을 모았나? 가만, 그럼 오늘 이놈이 크게 한턱 써야
되는 거 아냐? 이탁은 아까보다 한층 힘을 주어 제2의 아재를
일으켰다.

야아, 이 새끼 이거 음흉한 새끼네. 한턱 써, 인마!

한턱? 흐흥…… 쓰지 뭐, 까짓것. 그거 아껴서 다시 집 사겠
냐……

팔을 잡은 이탁의 손에 힘이 쭉 빠졌다. 드디어 대출금 다 갚
았다고, 이젠 잘려도 여한 없다고 한 날 제2의 아재가 큰맘 먹
고 소갈비를 샀다. 이차 호프집까지 시원하게 샀다. 그러고 진
짜 잘렸다. 그 임시는 아니었지만 이제 아이들 학비 수발도 끝
났으니 슬슬 노후 대비를 해야겠다고 느긋하게 잔을 부딪치던
그날로부터 그리 오래 지나지도 않았다. 그러니까 제2의 아재
가 느긋하게 잔을 부딪치며 야, 야, 이만하면 성공한 인생 아니
냐, 빈농의 아들이 대학 나와서 취직하고 결혼하고 애새끼 둘
낳고, 집도 이제 완전히 내 집이고, 하며 의기양양하던 때로부
터 불과 몇 계절 후였던 것이다.

왜? 왜 집을 팔았냐? 이탁은 그렇게 묻고 싶었다. 묻고 싶었
으나 묻지 않았다. 답을 알 것 같아서였다. 그래서 묻지 못하기
도 했다. 그걸 어떻게 묻나? 그랬다가는 주저앉은 제2의 아재

가 앉은 김에 땅바닥을 쳐가며 통곡이라도 할 것만 같았다. 이탁은 입을 꾹 다문 채로 제2의 아재를 일으켜 세우지도 못하고 함께 주저앉아주지도 못하는 엉거주춤한 자세를 취했다. 그러고 보니 그 자세는 작금의 자신을 대변하는 절묘한 상징으로 느껴졌다. 어딜 가든, 무얼 하든 주춤거리는 소심하고 나약한 인간의 모습 말이다.

임대사업자의 어깨를 감싸 안고 저만치 가던 제3의 아재가 뒤돌아보았다. 빨리 와! 소리치며 손짓을 했다. 간다고. 갈 거야. 갈 건데, 그런데…… 이 새끼가 집을 팔았다잖냐. 집을 팔았대. 재산이라곤 천신만고 끝에 장만한 집 하나뿐인 놈이 그걸 팔았다네? 이탁은 입인지 머리인지 가슴인지 분명치 않았지만 속으로만 그렇게 되뇌었다. 이제 이탁의 손은 툭, 툭, 제2의 아재 어깨를 아주 일정한 간격으로 치고 있었다. 끄억, 끄억, 이탁이 툭, 툭, 칠 때마다 소맥잔이 넘쳐흐르듯 제2의 아재 목에서 울음이 꿀럭꿀럭 흘러나왔다.

울음과 울음 사이 제2의 아재가 요약해서 설명한 바로는 이랬다.

아들놈 둘이 혼기가 찼는데 도무지 결혼할 생각이 없고, 연애는 몇 번 하는 것 같더니 이젠 그마저도 잠잠하고, 그나마 다니던 직장도 두 놈이 번갈아 그만두고 다시 잡고를 반복하더니 집에 있는 작은놈은 방에 틀어박혔고, 나가 사는 큰놈은 어딜

다니긴 다니는 눈친데 도통 연락도 없다고 했다. 이러다 언제 카드빚 폭탄이라도 터지지나 않을까 조마조마하다고. 제2의 아재와 그 아내는 얼굴만 마주치면 쌍나팔을 불듯 동시에 한숨을 내쉬었다.

하여 아내가 먼저 특단의 조치를 강구하였다. 집을 팔자. 제2의 아재는 강도 8의 지진을 당한 듯 아뜩했다. 집을 팔다니. 평생 몸 팔고 영혼 팔아 장만한 집을 팔다니. 다른 건 다 팔아도 집은 안 된다고 항변하였으나 아내는 살살 달래듯, 그러나 타협은 없다는 자세를 견지하며 위협적인 어조로 말했다. 집 말고 팔 게 뭐 있기나 해야지, 팔 수만 있다면 나도 몸 팔고 영혼 팔고 싶다. 헌데 어쩌겠느냐. 아무도 안 산다. 떨이로 내놔도 안 살 거다. 당신하고 나하고 원플원으로 묶어놔도 안 사겠지. 그 말끝에는 피식 웃더라고 했다.

아내는 다음과 같이 말을 이었다. 다시 전세를 살고 차액을 아이들한테 주자. 세상이 바뀌었다. 큰놈이 사는 원룸을 보면 연애를 하다가도 떨어져 나가게 생겨먹지 않았느냐. 요새 아이들 돈이 없어 결혼도 안 하고 자식도 안 낳는다지 않느냐. 월세 아닌 전세라도 하나 얻어주자. 아파트까지는 아니더라도 깔끔한 빌라 정도 하나 얻어놓으면 결혼은 하지 않겠느냐. 그러고 살다 보면 아이도 낳지 않겠느냐. 내 남은 소원은 할머니 되는 것밖에는 없다. 당신은 할아버지 되고 싶지 않으냐.

이탁은 끊어질 듯 이어지고 이어질 듯 끊어지는 하소연에 연신 한숨으로 화답하며 한편 점점 멀어지는 제3의 아재와 임대사업자의 뒷모습을 놓치지 않으려고 아예 그쪽으로 몸을 틀었다. 언제부턴가 이탁은 제2의 아재 옆 바닥에 철퍼덕 퍼질러 앉은 상태였다.

집이야 또 장만하면 되지.

제2의 아재가 쫄쫄 흐르는 수돗물처럼 털어놓은 이야기 끝에 이탁이 겨우 한마디 덧붙였으나 그것은 불가능한 일임을 이탁도 알고 제2의 아재도 알았다.

팔고 나니 오른다? 애매하게 오른다? 취소도 못 하겠고 그냥 팔자니 억울하고. 아직 아들놈 빌라도 못 얻었는데 그것도 막 뛴다?

이탁도 다 알고 있었다. 대한민국 성인이라면 그거 모르는 사람이 있겠나 싶은 시절이 아니더냐.

그라고 다를 것도 없었다. 조만간 그 신세가 제 신세 되지 말라는 보장도 없었다. 이탁의 작은놈도 결혼은커녕 연애도 안 하려 들었다. 번거로운 짓이라고 딱 잘랐다. 어찌어찌 큰놈이 결혼을 해준 것만 해도 복 중의 복이라 할 판이었다. 큰놈 때는 크게 휘청하고도 그럭저럭 버텼건만 작은놈 때도 그럴 수 있을지 자신이 없었다. 그때는 그나마 현직에 있었고 지금이야 해마다 달마다 쪼그라드는 일밖에 남지 않았으니. 그리 많이 마시지도 않았건만 갑자기 식도에서 쓴물이 올라오는 느낌이었다.

있어봐.

이탁은 전장에 나가는 장수처럼 다리에 힘을 주고 일어섰다. 바로 몇 발짝 떨어진 곳에 눈부신 간판이 보였다. 편의점.

사람이 원래 안 하던 짓을 하려면 용기가 도를 넘을 때가 있다. 이탁은 문을 활짝 밀고 들어가 계산대 앞에 척 섰다. 그리고 쭉 뻗친 팔과 손가락. 계산대 너머에 있던 직원이 반사적으로 물러나 담배 진열대에 등을 바짝 붙였다.

저거 하나만. 라이터도.

직원이 굳은 표정으로 이탁의 손가락 끝을 살피며 담배를 손으로 짚었다.

이거? 아님 이거?

직원이 엉뚱한 곳을 짚는 바람에 이탁은 마음이 급해졌다. 우는 친구를 길바닥에 버려두고 온 절체절명의 순간이 아니던가. 어디로 튈지 모르는 어린아이나 치매 노인을 두고 온 것과 다를 바 없었다.

아니, 그 옆에 그거, 그거.

직원이 무표정한 얼굴로 물었다.

담배 이름?

이탁은 다급한 중에도 빡치기 시작했다.

바로 저거라니까! 그 옆에 거!

직원이 담배를 짚은 손을 내리며 정색을 하고 말했다.

고객님, 고객님이 손으로 가리키면 여기서는 방향을 가늠하기가 어렵습니다. 제품명을 말씀해주셔야죠. 그리고 이 계산대는 너비가 약 칠십 센티에 불과합니다. 고객님이 팔을 뻗으면 이쪽에서는 위협을 느끼게 됩니다.

이탁은 진열대를 향한 손가락을 거두어야 하나 말아야 하나 잠시 갈등했다. 고객은 왕이라더니 그것도 옛말이었다. 요새는 어딜 가도 대접을 못 받는 분위기였다. 음식점도, 편의점도, 알바들이 고객보다 당당하고 도를 넘게 불친절했다. 간혹 친절을 만나기도 했으나 단순한 매뉴얼일 뿐 참 친절로는 느껴지지 않았다. 이건 아니지. 로봇같이 획일적인 응대에는 정나미가 뚝 떨어진다고. 그래도 기계보다는 사람이 낫다고, 기계는 참말 못 써먹겠다고 탄식하던 차였건만 이럴 수가!

뭐어? 위협?

그러려고 한 건 아니었는데 스스로도 당황스러울 만큼 목소리가 크게 나왔다. 원래도 작은 성량이 아니긴 했지만. 아니, 아니, 이러지 말고 제발 저기 저 담배 한 갑만 꺼내달라고. 그게 뭐 그렇게 어려운 일도 아니지 않으냐고. 이탁은 그렇게 말하려 했다. 그러나 말은 제대로 완성되지 않았고, 이탁의 인중만 쏟아지는 뜨거운 콧김에 꿈틀거렸다. 계산대를 사이에 두고 편의점 직원과 이탁은 팽팽한 대치 상태로 들어갔다. 직원은 나이가 좀 든 여성이었는데 눈매가 맥족의 그것처럼 매서워 보였다. 세상에서 이탁이 무서워하는 여자가 있다면 딱 한 명, 아내였다. 어머니 생전에는 두 명이었고. 딸이 있었다면 한 명 추가되었겠지만 말이다. 그런데 뜬금없이 강적을 만난 거다. 직원은 한 치도 양보할 기미가 없었다. 이탁은 입술을 달싹거리며 뭐라 항변하려 했으나 맥족의 눈매 앞에, 넓지도 않은 어깨를 한껏 펴고 버틴 자세의 그 당당함 앞에서는 걸핏하면 숨이 죽는 아랫도리처럼 전의가 사그라들었다.

그냥 아무거나. 순한 걸로 하나 주쇼.

이탁은 뻗은 팔을 슬그머니 거두며 담배 진열대로 눈길을 보냈다. 각도는 그쪽을 향하였으되 수많은 담배들 중 어느 것도 눈에 들어오지 않았다. 직원이 하나를 꺼내 바코드를 찍고 말없이 기다렸다. 이탁은 지갑을 열고 꺼낸 카드를 단말기에 꽂았다. 계산이 완료되었습니다. 흘러나온 기계음이 영락없이 '그 삶이 완료되었습니다'로 들렸다.

제2의 아재는 그새 울음을 그치고 말간 얼굴로 앉아 있었다. 얼굴은 불그레했으나 속눈썹이 촉촉해서 그렇게 보였다. 꼭 방금 세수를 마친 사람 같았다.

완료됐단다.

이탁이 제2의 아재에게 담배 한 개비를 내밀면서 말했다. 그 소리는 소통을 전제한 언어가 아니라 한탄의 혼잣말에 가까웠다.

뭐가?

촉촉한 눈을 깜박거리며 제2의 아재가 물었다. 짜식, 저 눈이 한때 여자들 여럿 울렸는데. 그런 생각이 들자 가슴이 찌르르했다. 이탁은 제2의 아재 옆에 나란히 앉았다. 자리는 길바닥에서 콘크리트로 된 화단 가장자리로 바뀌어 있었다.

뭐든.

제2의 아재가 이탁의 옆얼굴을 말끄러미 보다가 픽 웃고는 말했다.

미친놈!

하나만 피우고 가자. 저 새끼들 기다린다.

그러거나 말거나.

제2의 아재는 세상 다 산 표정으로 삐딱하게 굴었다. 제2의 아재가 한껏 느긋해진 모양과 달리 이탁은 다시 조바심이 들기 시작했다가 곧 생각을 고쳐먹었다. 오늘은 이 새끼한테 맞춰주자. 집도 팔았다는데. 집이야말로 저나 나나 한평생 노예처럼 일한 결과물 아닌가. 볼 수 있고 만질 수 있는 구체적인 성과물이 집 말고 또 있나. 그걸 잃었다는데. 수십 년 고생한 게 헛일이 됐다는데. 이탁은 담배 두 개비를 꺼내 제2의 아재에게 하나를 건네고 자신도 하나를 물었다. 담배 한 개비쯤 피울 자격은 충분했다. 어떻게든 돈 좀 불려보겠다고 아내 몰래 사둔 주식이 반 토막 나지 않았나. 은퇴 전에는 재미 삼아 굴리던 돈이었으나 지금 형편에는 거금이었다. 그 생각만 하면 꿈에서도 심장이 쫄깃해졌다. 사실 담배를 전격적으로 끊은 것도 건강상의 이유만은 아니었다. 한 달이면 담뱃값이 얼마였더냐.

야이, 씨!

제2의 아재가 상체를 휙 젖히며 소리 질렀다.

새끼야! 똑바로 안 해? 눈썹 태울라고? 너, 일부러 그랬지!

참자. 오늘만 참자. 이탁은 불꽃을 조절한 뒤 손으로 라이터를 감싸고 공손하게 불을 붙여주었다.

에이, 이거 뭐 이렇게 안 빨리냐!

참는 김에 계속 참자. 이탁은 자신의 담배에도 불을 붙였다. 과연 그랬다. 순한 담배는 원래 그런 건가. 필터를 꼭 물고 세게 빨아들이자 연기에서 피맛이 났다. 가성비 형편없는 몹쓸 담배 같으니. 둘은 한동안 말없이 끽연에 집중했다. 이탁은 시원찮은 치아를 피해 한쪽으로 비스듬히 담배를 물었다. 집중할 거리가 생겨 다행이라는 듯 그렇게 연기를 빨고 뱉는 데에 골몰했다. 이탁의 전화기가 울렸다. 임대사업자였다. 보나 마나 빨리 오라는 전화일 터였다.

전화 들어온다.

그러거나 말거나.

기다릴 텐데?

그러거나 말거나.

받지 말까?

아, 몰라, 새꺄!

제2의 아재는 아예 작정을 했는지 점점 더 삐딱하게 굴었다. 그래, 그래라. 어디 가서 이렇게 해보겠냐. 집에 가서 해보겠냐, 자식한테 해보겠냐, 요양원에 맡긴 엄마한테 해보겠냐. 그래도 너는 엄마는 있지 않냐. 여기까지 생각이 흐르자 갑자기 뜨거운 덩어리 하나가 저 아래서 울컥 치밀어 올랐다.

타박타박 타박네야 너 어드메 울고 가니 우리 엄마 무덤가에 젖 먹으러 찾아간다……

이탁의 입에서 나지막한 소리가 저절로 흘러나왔다.

산이 높아 못 간단다 산 높으면 기어가지 물이 깊어 못 간단다 물 깊으면 헤엄치지……

이탁의 손끝에서 푸른 연기가 천천히 올랐다.

명태 줄라 명태 싫다 가지 줄라 가지 싫다 우리 엄마 젖을 다오 우리 엄마 젖을 다오……

제2의 아재가 노래를 받았다.

우리 엄마 젖을 다오 우리 엄마 젖을 다오……

이탁과 제2의 아재는 둘이 한목소리로 음을 질질 끌며 노래했다.

아따, 이 새끼들! 왜 안 오나 했더니 여기서 청승 떨고 있었구만. 뭐 하냐, 시방!

임대사업자였다. 이탁이 옆에 앉으라는 시늉을 하며 엉덩이를 조금 움직였다. 임대사업자는 제2의 아재 옆에 털썩 앉았다.

끊었다면서 웬 담배냐?

줄까?

이탁이 갑째 내밀었다.

됐다. 타박타박 타박네야……

이번엔 임대사업자였다. 제2의 아재가 피식거리며 웃었다.

노땅들 아니랄까 봐.

틀딱도 금방이다.

임대사업자가 노래를 멈추고 제2의 아재 말을 바로 받았다. 틀딱이란 말에 이탁은 혀끝으로 아래위 이를 안팎으로 꼼꼼하게 훑었다. 치아는 있어야 할 곳에 모두 있었다. 그중 두 개는 크라운을 씌운 거였고 두 개는 임플란트를 한 거였다. 그 정도면 괜찮은 편이었다. 한쪽 서너 개를 몽땅 잃고 브리지를 한 경우도 봤고 새 이를 제때 못해 넣어 말할 때마다 뻐끔한 구멍이 보이는 또래들도 있었다. 이탁은 삼겹살을 씹을 때부터 욱신거리고 흔들리는 윗니와 주변 잇몸을 특히 집중적으로 훑었다. 뻐근하던 잇몸이 찌르르해졌다. 안 빨리는 담배를 빨듯 힘을 주자 비릿하고 찝찔한 맛이 났다. 그나저나 틀딱이 뭐냐, 틀딱이. 듣기만 해도 목덜미가 차가워졌다. 틀딱이란 말은 몇 년 전만 해도 먼 나라 언어였으나 어느새 바로 이웃 나라 언어가 되어버렸다. 그래, 아직은 이웃 나라일 뿐이다. 아니, 아니다. 아직은 먼 나라지. 이탁은 뻐근한 윗니를 아랫니에 꽉 맞물렸다. 잇몸 저 안쪽에 느껴지는 통증에 야릇한 쾌감이 섞였다.

햐, 내가 왕년에 이거 무지하게 불렀잖냐.

니가? 내가 불렀지.

그랬나? 나도 불렀다.

임대사업자와 이탁의 회고에 제2의 아재가 가세했다.

기타는 내가 쳐줬잖냐. 노래는 쟤가 잘 불렀어도.

제2의 아재는 턱으로 임대사업자를 가리키곤 앉은 채로 기타 치는 시늉을 해 보였다.

요새도 치냐?

임대사업자가 묻자 제2의 아재는 자세를 접고 왼손을 내밀었다. 임대사업자가 안경을 올리고 목을 뒤로 뺀 뒤 손끝을 살피더니 엄지로 살살 문질러보았다.

안 치네.

없다, 인마.

왜?

몰라. 저번에 언제 오랜만에 쳐볼까 했는데 말야. 아무리 찾아도 없더라. 그 큰 게 사라졌더라고.

제2의 아재가 큭, 하고 한번 웃었다. 속눈썹의 물기는 다 말라 있었다. 이탁은 갑자기 옥 재떨이가 떠올랐다. 못 본 지 얼마나 됐더라. 베란다 창고에 있기는 있을까? 벌써 내다버린 거 아닐까? 기타처럼 큰 물건도 막 내다버린다지 않나.

가자.

제2의 아재가 궁둥이를 툭툭 털면서 일어섰다. 이탁과 임대사업자도 느린 동작으로 일어섰다. 제3의 아재 홀로 열창하고 있을 노래방은 전방 이백 미터 정도에 있다고 했다.

그 새끼는 혼자 노래가 나온다냐?

이탁이 시시덕거리자 임대사업자가 고함치듯 큰소리로 답했다.

내 말이!

세 아재는 어깨를 겯고 나란히 걸었다.

명태 줄라 명태 싫다 가지 줄라 가지 싫다……

인도를 꽉 채워 걷는 그들의 곁으로 중년 여성이 사나운 얼굴을 하고 지나갔다. 앞에서 다가오던 청년들 몇이 짜증 난 얼굴로 힐끔거리며 한 명씩 차도로 내려 엇갈렸다.

우리 엄마 젖을 다오 우리 엄마 젖을 다오……

이탁은 생각했다. 야, 이놈들아, 우리 이렇게 고성방가 할 때가 아니다. 이러니 아재들이 욕먹는 거라고. 하지만 말은 말자. 오늘은. 오늘만큼은.

타박타박 타박네야……

노래는 끊이지도 않고 자동 반복되었다. 이탁은 두 사람이 노래하는 동안 속으로 엄마를 가만히 불러보았다. 엄마. 엄마. 엄마…… 코허리가 시큰해지며 콧물이 나왔다. 이뿌리도 뻐근해져왔다. 욕 좀 하라지. 뭐 어쩌라고. 우리가 남을 패기를 했냐, 도둑질을 했냐. 술 먹고 노래 좀 했기로서니 그게 뭐. 엄마, 그렇지? 괜찮지? 나 노래 좀 해도 되지? 좀 취해도 되지? 이탁은 손등으로 눈과 코를 쓱쓱 문질렀다.

저 멀리서 아재 한 명이 휘적거리며 다가왔다.

왜 나왔어!

임대사업자가 소리쳤다.

답답해서! 이 새끼들이 진짜!

지금 간다! 가고 있다고!

됐다! 이 씨발놈들아!

제3의 아재가 도움닫기를 하듯 우다다 달려오더니 가운데를 파고들었다. 헤드록이라도 걸 것 같던 기세와는 달리 양옆 아재들의 어깨에 팔을 걸쳤다. 이제 인도는 네 사람에게 완전히 점령당했다. 행인들이 노골적으로 싫은 내색을 하며 지나갔다. 그러거나 말거나.

잇몸이 다시 욱신거리면서 입안 가득히 비릿한 피맛이 돌기 시작했다. 이까짓 건 아무것도 아니지. 이탁은 혀끝에 힘을 주고 입안 구석구석을 쫀쫀하게 훑으며 침을 모아 탁 뱉었다. 침과 함께 누르스름하고 딱딱한 것이 툭 튀어나갔다. 윗잇몸의

뻐끔한 구멍을 혀로 더듬으며 그것을 주워 들려던 이탁은 아재들의 팔에 휘감겨 앞으로 앞으로 걸어나갔다. 소중한 것을 흘리기라도 한 듯 이탁은 몇 걸음 가다 뒤돌아보고 몇 걸음 가다 뒤돌아보았다. 그것은 너무 작아 보이지도 않았다. 어둠 속에 깊숙이 묻혀버리고 말았다.

이빨 빠진 소년들의 벌어진 입

이경재(문학평론가)

1. K-아재의, K-아재에 의한, K-아재를 위한

이경란은 2018년 문화일보 신춘문예로 등단한 이후, 리얼리즘적 문제의식을 바탕으로 한국 사회의 어두운 그림자에 날카로운 촉수를 드리워온 작가이다. 다양한 삶의 체험과 날카로운 작가정신으로 소외된 계층과 사회적 약자에 주목하는 작품을 써왔던 것이다. 무엇보다도 그의 작품이 주목받은 이유는, 절실한 사회적 문제의식을 바탕으로 하면서도 문학적인 기법과 장치를 능숙하게 구사하였기 때문이다.

소설집 『소년들은 자라서 어디로 가나』에서 이경란이 새롭게 주목한 한국 사회의 어둠은 바로 K-아재이다. 이 대목에서 고개를 갸우뚱할 독자도 있을 것이다. 흔히 K-아재는 조롱과 멸시의 대상은 될지언정, 정색을 하고 다루어야 할 한국 사회의 그림자로 여겨지지는 않았기 때문이다. 그러나 2024년 고독사 사망자 3,924명 중에 50, 60대 남성은 전체의 절반을 넘는 54%를 차지했다고 한다. 50, 60대 남성들은 조기 퇴직이나 사업 실패, 이혼과 사별로 뜻하지 않게 1인 가구가 되어 외로운 죽음을 맞았던 것이다. 일종의 낀 세대인 이들은 사회 활동이 왕성한 청년층이나 정부가 관리하는 노년층과 달리 정책의 대상도, 복지의 대상도 아닌 소외된 세대가 되기 쉽다. 특히 이 세대의 남성들은 직장이 생활의 거의 전부인 사람들이어서 '명함이 없는 삶'이 닥치면 고립된 생활을 하기 쉬우나, 심리적 고통을 호소하거나 도움을 요청하는 일에는 서툴다고 한다. 사정이 이러하다면, K-아재를 한국 사회의 어둠으로 주목하는 것이 그리 이상한 일은 아닐 것이다.

　이 소설집은 '소년들은 자라서 어디로 가나'라는 제목처럼, 소년들이 자라서 도달한 지점을 형상화한다. 거의 모든 생명력을 소진한 소년들이 소외와 비애를 훈장처럼 달고 도착한 거리는, 낡은 가부장제의 잔해와 자본주의의 비정한 영수증이 나뒹구는 춥고 어두운 뒷골목이다. 작가는 소위 'K-아재'로 명명되는 한국 사회의 중장년 남성들을 때로는 현미경으로 때로는 망원경으로 들여다본다. 이경란이 그려낸 인물들의 군상을 통해, 한국문학에서 소외되었던 '루저가 된 K-아재들'의 자리를 재확인하고, 그들의 몰락이 단순한 개인의 비극을 넘어 어떻게 우리 시대의 서글픈 자화상이 되는지를 확인하는 것은 이 소설집을 읽는 보람이 될 것이다.

2. 과연 소년이 자라기는 한 걸까?

표제작이기도 한 「소년들은 자라서 어디로 가나」는 기본적으로 오이디푸스적 갈등을 다룬 작품이다. '나'는 증여받은 낡은 단독주택을 카페로 개조하면서, 아버지가 남긴 수백 권의 책을 낱장으로 찢어 벽에 바른다. 의미로 가득한 아버지의 '책'을 단순한 사물인 '벽지'로 전락시키는 행위란, 말할 것도 없이 아버지에 대한 저항이라는 상징적 의미를 지닌다. 모든 성장이 살부(殺父)의 의미를 포함하고 있다면, 이 소년은 성장을 위한 필수적이자 필사적인 투쟁을 벌인다고 할 수 있다.

이 작품의 아버지는 가족에게 냉담했으며, 오직 서재에 틀어박혀 시간을 보냈다. 퇴근 후 서재에 들어가면 아침에나 나왔던 아버지는, "엄마가 짐을 챙겨 나가던 날에도 서재에서 나오지 않았"(19쪽)던 것이다. 이로 인해 '나'는 외로운 유년기를 보내야만 했다. 이런 주인공이 아버지에 대해 가지는 감정은 시종일관 아버지를 '영감'이라고 부르는 것에서 분명하게 드러난다.

이 특이한 인테리어의 현장에 '남자'로 불리는 손님이 등장한다. 남자는 "의미를 띤 활자보다 종이 자체의 물성에 충실"(13쪽)한 '벽지'를 다시 의미의 집합물인 '책'으로 되돌리려 한다. 남자는 벽지에 쓰여진 문자들을 읽으려 시도하는 것이다. 남자를 통해, 벽지가 되었던 『여름, 비, 소년들』이라는 제목의 책이 새롭게 부활한다. 이 책은 '나'의 아버지가 쓴 것으로 추정되며, 거기에는 아버지와 '호'라는 인물의 과거가 기록되어 있다. 주목할 것은 아버지와 '호'의 관계에 다분히 퀴어적 코드가 내포되어 있으며, 그 관계는 수십 년 동안 이어진 것으로 그려진다는 점이다. 그러고 보면, 아버지는 할머니가 "몰아붙인"(24쪽) 결과 어쩔 수 없이 결혼한 것으로 이야기된다. 처음 '나'는 아버지의 책을 외면하려고 하지만, 결국 '나'는 그 책을 따라 읽게 된다.

이 작품에서는 '남자'가 책 속에 등장하는 '호'일 수도 있다는 가능성이 암시된다. 그러나 '나'는 결국 '호'는 물론이고 아버지와도 어떤 소통이나 공감의 회로를 만들어내지 못한다. 가정내 불화를 만들어내는 원인일 수도 있는 아버지와 '호'의 이야기는 어떠한 긍정적 관계도 만들어내지 못하는 것이다. '나'

는 그저 아버지와의 무조건적인 반동일시를 꾀할 뿐이며, 또 하나의 주체가 되지 못한 채, 아버지에 종속된 채로 머물 뿐이다. 그렇기에 '나'는 영원히 아버지의 아들, 즉 소년일 수밖에 없는 것이다.

'나'는 아버지와의 연결 고리를 끊어내려고 바다 건너 떠돈 햇수가 무려 이십 년이지만, 결국 아버지의 낡은 집으로 되돌아오고야 만 것이다. 더군다나 남자로 인해 사물에서 다시 책으로 부활한 벽지들에 둘러싸이게 되었다. 화자는 그 찢어진 종이들로 자신의 공간을 빽빽하게 채움으로써, 역설적이게도 여전히 아버지의 텍스트 안에 갇혀 있는 형국이 된다. 이것은 성장에 실패한 채, 아버지의 세계에 박제된 한 '소년'의 쓸쓸한 내면을 감각화한 것이라고 할 수 있다. 소년은 커다래진 몸을 이끌고, 여전히 소년인 채로 이 도시의 한복판에 머물고 있는 것이다.

3. K-아재의 사랑법

이번 소설집에서 K-아재는 아버지와의 관계를 통해 온전한 어른이 되는 데 실패한 존재들이다. 그들은 아버지에 저항하면서도, 아버지의 그늘에서 한 치도 벗어나지 못한다. 그렇다면,

이제 그들은 아버지라는 수직적인 관계가 아닌, 수평적인 관계를 통해서나마 새로운 주체로 탄생할 수 있을까?「밥 한번 먹어요」는 K-아재의 연애를 통해, 새로운 관계의 탄생 가능성을 탐문하는 소설이다.

이 작품의 '나'는 결혼 한번 못해본 50대 남성이다. 경제적 곤궁함은 없지만, 대신 정서적 허기를 느끼고 있다. 그 빈자리를 북카페에서 우연히 만난 한정이라는 여성을 통해 채우려고 한다. 이 작품은 K-아재가 품은 뒤늦은 연정(戀情)과 그에 수반되는 착각, 그리고 현실의 쓸쓸한 뒷맛을 탁월한 상징과 심리 묘사로 풀어내고 있다.

모든 일은 '나'가 서울을 떠나 살기 시작한 바닷가 마을의 북카페에서부터 일어난다. 이곳에서 '나'는 "딱 내 취향"(77쪽)인 한정을 만난다. 로시난테라는 카페 이름은 앞으로 펼쳐질 '나'와 한정의 관계에 대해 많은 것을 암시한다. 로시난테는 세르반테스의 『돈키호테』에서 돈키호테가 타는 말 이름으로서, 돈키호테는 삐쩍 마른 로시난테를 명마라 착각하며 그 위에 올라탄 채 풍차를 향해 돌진한다. 주인공 역시 로시난테에서 자신의 생각을 망상의 수준으로 확장시킨다. '나'는 로시난테에서 만난 한정을 "찬란한 순금"(79쪽)이라고 여길 정도로, 순정을 향해 자신의 욕망과 꿈을 맘껏 투영하는 것이다.

'나'는 낡은 오피스텔에 사는 한정을 자신의 '넓고 아늑한 전

원주택'으로 데려오는 상상을 하며, 이것이 그녀를 위한 구원이라고 확신한다. 그러나 이것은 환상의 텅 빈 스크린에 맘대로 채워 넣은 자기 망상에 지나지 않는다. 그러한 유아적 태도는 "한정에게도 남들처럼 그런 가족과 일상이 따로 있다는 사실을 인정하고 싶지 않았다"(89쪽)라는 문장에 잘 나타나 있다. '나'는 한정의 실제에 무지할 뿐만 아니라, 돈키호테가 그러하듯이 그러한 현실을 외면하고자 하는 것이다. 이러한 나르시시즘적 태도는 정원에 심은 '사과나무'를 보여주겠다며 한정을 초청하는 장면에서 절정에 이른다.

'나'는 한정을 자신의 집에 초대하여, 무려 키스를 하는 데까지 성공한다. 그러나 곧 몸을 빼낸 한정은 작은 상자를 내려놓고, "밥 한번 먹어요, 언제"(97쪽)라는 말만을 남기고 떠나간다. 이 작품에는 '환상/실제'라는 이분법이 작동하는데, 전자를 대표하는 것이 '선물 상자'와 '사과나무'라면, 후자를 대표하는 것은 '잔멸치'와 '배나무'이다. 한정이 '나'에게 건넨 선물 상자는 겉모습만 보면 달콤한 롤 케이크를 상상케 하며, '나'는 이 상자를 자신의 프러포즈에 대한 긍정적 화답으로 받아들인다. 그러나 상자에 담긴 것은 생활의 냄새가 비릿하게 나는 '잔멸치'이다. 한정에게 '나'는 롤 케이크를 나눠 먹는 낭만적 상대가 아니라 잔멸치를 나눠 먹는 이웃에 불과했던 것이다. 마찬가지 맥락에서 '나'는 정원에 심은 나무가 당연히 '사과나무'

일 것이라 믿는다. 사과는 흔히 유혹, 사랑, 결실의 상징이며, '나'는 그 나무 아래서 로맨틱한 고백을 꿈꾸었던 것이다. 그러나 나중에 그 나무에 열린 열매는 무채색의 '배'이다. 이것 역시 환상과 실제의 이분법을 드러낸다고 할 수 있다.

마지막에 화자는 배가 열린 것을 확인하고 멸치볶음을 해 먹으며, 멸치와 배라는 '현실의 맛'을 씹어 삼킨다. 작가는 사과인 줄 알고 심었는데 배가 열렸고, 케이크인 줄 알고 열었는데 멸치가 들어 있는 삶의 아이러니를 통해, K-아재의 자기 중심적인 태도를 비판적으로 보여준다. K-아재는 사랑을 통해서도 자신의 자리를 찾는 데 실패하고 마는 것이다.

4. 봉투와 감옥 사이, K-아재의 돌봄 노동

「삐이유우우웅」과 「K-아재의 가자미근」은 최근 한국문학에서 중요하게 다루어지는 돌봄 노동을 다룬 연작소설이다. 돌봄은 재생산 노동으로서, 사람들의 삶을 지속시키고 그들의 노동력을 유지하는 활동 전체를 가리킨다. 여기에는 육아는 물론이고, 요리, 청소, 세탁같이 매일 하는 일과와 환자, 장애인, 노인을 돌보는 일까지 포함된다. 돌봄 노동은 사회 유지에 필수적이지만, 무상 혹은 저임금으로 저평가되곤 한다. 돌봄이 젠

더적으로 여성의 의무처럼 여겨진다는 점에서 그 문제성은 더욱 커질 수밖에 없다. 여성에게 다른 사람의 안녕을 책임지게 하고 여성이 재정적, 물질적으로 독립할 수 있는 기반을 무너뜨리는 동시에 여성을 이 일에 가장 적합한 사람으로 영속화할 수도 있기 때문이다.

이경란은 특이하게도 중년의 남성을 돌봄 노동의 주체로 등장시킨다. 「삐이유우우웅」과 「K-아재의 가자미근」은 백이라는 중년 남성의 돌봄 노동을 다룬 연작 소설이다. 「삐이유우우웅」의 백은 병원에 입원한 장모 준자 씨의 간병을 하게 된다. 간병인으로 병실에 투입된 백은 준자 씨의 기저귀까지 처리해야 하는 고단한 노동을 감내한다. 병원에서 백은 "똥"(113쪽)이라 불릴 정도로 만만치 않은 간병 노동에 시달리는 것이다. 이 작품에서는 병원에서의 간병이 얼마나 험난한 일인지가 반복적으로 강조된다. 흡연 구역에서 만나는 '분홍'이라는 인물은 간병의 고통을 강렬하게 환기시킨다. 백이 분홍의 욕설을 따라 하며 묘한 해방감을 느끼는 장면은, 억눌린 감정의 배출과 동시에 자기 존재의 초라함을 확인하는 대목이라고 볼 수 있다.

「K-아재의 가자미근」은 백이 퇴원한 준자 씨를 돌보는 내용의 소설이다. 병원에서도 준자 씨의 간병을 맡았던 백은, 퇴원 후에도 준자 씨의 집에 머물며 '언제까지?'라는 질문을 수시로 반복하는 기약 없는 돌봄 노동을 수행한다. 이 연작은 단순히 돌봄의 고단함을 묘사하는 데 그치지 않고, 그것을 둘러싼 제도·가족·젠더가 교차하는 양상을 날카롭게 드러낸다. 특히 돌봄의 책임이 사회에서 가족으로, 다시 가족에서 한 개인에게 전가되는 양상을 보여주는 것이 인상적이다. 돌봄이 공적인 영역을 통해 충분히 해결되지 않는 것은 「K-아재의 가자미근」에서 준자 씨의 요양등급 판정을 받는 장면에서 잘 드러난다. 한국 사회에서 요양등급 판정은 돌봄 노동의 제도적 지원 여부를 결정하는 중요한 절차이다. 백은 쇼를 하다시피 절박하게 호소하지만, 결코 원하는 요양등급 판정을 받아내지 못한다. 자기보다 한참이나 어린 요양등급 조사원 앞에서 "선생님, 저희 어머님 좀 돌봐주세요"(154쪽)라며 울먹이는 장면은, 이 소설에서 가장 웃픈(웃기지만 슬픈) 대목이다.

요양등급 판정 실패 이후, 돌봄의 책임은 사회에서 가족으로, 다시 가족에서 한 개인에게 전가된다. 아내인 미영, 처형인 은영, 처남인 정영은 모두 당당하게 돌봄을 거부하며, 그 책임을 백에게 떠넘기는 것이다. 그러한 부조리가 당연시되는 이유는 단 하나. 다른 가족 구성원은 현직에서 돈을 벌지만, 백은 은퇴하여 돈을 벌지 못하기 때문이다. 그것은 「삐이유우우웅」에서 아내인 미영이 간병을 맡기며, "노는 사람이 당신밖에 더 있어?"(113쪽)라고 말하는 부분에 잘 나타난다. 미영은 당당하게 "남 주느니 당신 준다잖아. 간병비"(114쪽)라고 큰소리를 치기도 한다. "백이 월급을 받아왔더라면 오늘 이 병실에는 백이 아니라 미영이 있었을 게 아닌가"(116쪽)라는 서술자의 말처럼, 모든 것은 경제력에 의해 결정되는 것이다. 「K-아재의 가자미근」에서도 처형은 그 알량한 봉투를 백에게 내밀며, "백 서방만 믿네"(156쪽)라고 당당하게 말하기도 한다. 가족들이 백에게 건네는 '봉투'는 제도의 부재를 가족 내부의 거래로 메우는 현실을 적나라하게 드러낸다.

그러나 이 '거래'는 부당할 뿐만 아니라, 돌봄 노동에 대한 한국 사회의 문제적인 인식을 잘 보여준다. 백은 준자 씨를 돌보는 집을 가리켜 "감옥이라 말하기엔 죄스러웠고 집이라기엔 너무 갇힌 느낌"(144쪽)이라고 표현할 정도로, 돌봄을 힘겨워한다. 그러한 백의 노동에 비하면, 가족들이 가끔씩 건네는 봉투는 너무나 미미한 것이다. 그럼에도 가족들은 오히려 당당해하고, 백은 움츠러든다. 지금의 세상에서도 돌봄 노동이 온전하게 대우받지 못하기에 가능한 장면이다.

간병의 고통과 그것이 일상을 무너뜨릴 수 있는 파괴력이 있다는 것을 강조하기 위해 작가는 백의 무난함과 평범함을 과도할 정도로 강조한다. 백은 아들 여럿 있는 집의 넷째 아들로 태어나 별 기대를 받지 않으며 "큰 부담감 없이 자유롭게 살아도 된다"(115쪽)는 분위기에서 성장했다. 공부도 적당히, 운동도

적당히, 뭐든 적당히 했으며, 무난한 대학에 입학해 무난한 학
점으로 졸업하여, 중견기업에 무난히 입사해서 무난하게 명퇴
를 당한다. 큰 재미도 없고 큰 부침도 없는 인생을 살아온 것이
다. 결혼 후에도 특별한 부침 없이 살아왔지만, 최근 실직과 장
모 간병으로 삶은 급격히 무너진다.

특히 「K-아재의 가자미근」에서는 문학적 상징을 통해서, 보
상받지 못하는 돌봄 노동의 슬픈 숙명을 독자에게 전달한다.
백은 우연히 냉장고에서 검은 봉투에 담겨진 지폐 다발을 발견
한다. 그것은 마치 백이 그동안 수행해온 돌봄 노동에 대한 대
가처럼 여겨지기도 한다. 안타깝게도 이 지폐 다발은 돈세탁
(돈다발이 세탁기에 들어가 세탁된 일) 등의 여러 가지 우여곡
절을 겪으면서 결국 백의 손에는 들어가지 못할 것이 암시된
다. 백이 돈다발을 끝내 챙기지 못한 이유로는 장모를 향한 백
의 애정, 일테면 "연민과 슬픔 같은 것들"(148쪽)도 한몫을 한
다. 백은 준자 씨가 배나 사과를 깎아주던 일도, 체했을 때 준
자 씨가 손끝을 바늘로 따주었던 일도 기억하는 것이다. 이것
은 돌봄 노동이 지니는 '감정 노동'으로서의 특수성을 보여준
다고 할 수 있다.

이 연작에는 시종일관 유머가 은근히 넘쳐난다. 일반적으로
유머는 불일치를 인식하거나, 혹은 정서적으로 우월감을 느끼
거나, 그것도 아니면 정신적으로 이완이 되면서 발생하는 것으

로 알려져 있으며, 이것은 각각 부조화 이론, 우월성 이론, 방출 이론으로 설명되고는 한다. 이 연작에서 발생하는 유머는 주로 부조화(불일치)에서 발생한다. 이때의 부조화는 근본적으로 돌봄 노동을 중년의 남성인 백이 수행하기 때문에 발생하는 것이다. 그렇다면 「K-아재의 가자미근」에는 돌봄 노동을 수행하는 여성은 한 명도 등장하지 않지만, 한국 사회에서 돌봄 노동이 여성의 영역으로 젠더화된 것을 증명하는 아이러니한 소설이라고 볼 수 있다.

주목할 것은 「삐이유우우웅」에서 준자 씨를 간병하는 병원에, 백이 이전에도 한번 방문한 적이 있다는 점이다. 백은 아내 미영이 "첫 아이를 출산한 후"(119쪽)에 이 병원을 방문하였던 것이다. 미영은 혼자 아이를 낳기 위해 친정에 왔었고, 혼자 아이를 낳았다. 집안일도 돌보다가 밤중에 양수가 터진 미영은 백에게 전화를 했고, 백은 고작 "지금은 차가 없을 거야. 내일 갈게. 근데 내일은 오전에 피티가 있어"(120쪽)라며 응대했던 것이다. 작품에서는 그 당시 사회 분위기로 인해 백이 어쩔 수 없었다는 것이 강조되지만, 그럼에도 백은 아내의 출산 현장에도 동참하지 않은 남편(남성)이었다. 마침 지금 준자 씨 병실은 그 당시 미영이 입원했던 병실과 같은 층에 있는 것으로 그려진다. 과거 미영의 출산 장면과 현재 준자 씨의 병실이 같은 층에 있는 것으로 연결되어, 두 가지 사건을 함께 생각하도록 이끈다. 출산 당시의 기억과 현재 간병 상황이 겹쳐지며, '돌봄'이라는 반복되는 삶의 과제가 강조되는 것이다. 첫 아이 출산 당시 미영을 제대로 돌보지 못했던 기억이 현재 병실 풍경과 겹쳐지며 돌봄 노동을 둘러싼 K-아재의 죄책감과 억울함은 서로 착잡하게 교차한다.

5. K-아재의 아이러니한 해방

「소파인간 외출하다」는 「뻬이유우우웅」과 「K-아재의 가자미근」에 이어지는 작품으로서, 숨 쉴 수 없이 인간을 옥죄는 통제 사회에서 살아가는 K-아재의 슬픈 존재 조건을 보여주는 작품이다. 이 작품의 호종은 「뻬이유우우웅」과 「K-아재의 가자미근」에서 준자 씨의 간병을 도맡았던 백과 동일인물이다. 호종은 백이 그러했듯이 형들 사이에서 자랐고, 아내 미영과 생활하고 있으며, 때때로 장모인 준자 씨를 간병했던 일에 대해 떠올리는 것이다. 호종은 백이 그러했듯이, "속절없이 소외당하는 기분에 사로잡혔고 자기만 버려둔 채 자꾸 변화하는 세상이 야속"(180쪽)한 K-아재이다.

평소 아내 미영으로부터 하루 종일 소파에 붙어 지낸다고 해서 '소파인간'이라 불렸던 호종은 갤러리에서 진행하는 '서스펜디드(Suspended)'라는 이름의 난해한 행위예술 프로젝트에서 알바를 한다. 실직 상태로 최근 "동전 하나 벌어보지 못한"(184쪽) 호종은 이 아르바이트를 '꿀알바'라고 여긴다. 가림판 안쪽에 앉아 손을 구멍 밖으로 내밀고 있으면 관람객들이 물건을 쥐여주거나 가져가는 퍼포먼스형 설치미술에 참여하는 것이다. 호종은 손을 거두거나 사나운 반응을 보이거나 자리를 뜨면 안 된다는 규칙을 준수해야 한다. 호종의 손에는 초콜릿바, 가방, 영수증, 커피컵, 심지어 침까지 쥐여졌다가 사라지며, 호종은 관람객과 작가의 의도를 알 수 없어 혼란을 느낀다. 호종처럼 구멍 밖으로 손을 내민 여성 두 명이 호종의 앞뒤로 앉아 있는데, 두 명의 여성으로 인해 호종의 혼란은 더욱 커진다.

한 관람객(어쩌면 작가일 수도 있는)이 호종의 손을 잡고 뾰족한 것으로 손바닥과 손등에 무언가를 그리며 긴장이 고조된다. 이후에는 개가 들어와 젊은 여성의 손을 핥거나 오줌을 누기도 하며, 누군가는 액체를 묻히는 소동을 벌이기도 한다. 앞자리 중년 여성의 손은 붉은 페인트나 물감으로 뒤덮인다. 이 와중에 호종이 밀쳐져 가림판이 쓰러지고, 천장에 설치된 카메라에 의해 실시간으로 이 모든 장면이 부감적 시선으로 재생되고 있었음이 드러난다. 이 순간 호종은 전시의 '의도'를 깨닫는다. 이후 호종은 쓰러진 가림판을 일으켜 세우고, 관람객들의 박수와 환호 속에 마치 무대 위의 주인공처럼 머리칼과 옷매무

새를 가다듬는 퍼포먼스를 펼치며 소극적 '소파인간'에서 벗어나는 일종의 해방감을 느낀다.

　호종의 핵심적인 특성은 지독한 수동성이었다. 호종은 "그게 뭐든 먼저 털어낸 적이 없"(184쪽)는 사람으로, "연애도 직장도 스스로 그만둔 적이 없었고 누가 뭐라지 않으면 현상 유지 쪽이 적성에 맞"(185쪽)았던 것이다. 그런 호종이 구속에 순종함으로써 잠시나마 주체가 된다는 아이러니를 연출하는 것이다. 이것은 모든 것이 꽉 짜인 쇠우리와도 같은 통제 사회의 왜소한 인간상을 보여주는 장면이라고 할 수 있다. 호종이 잠시나마 삶의 주도권을 쥐고 해방감을 느낄 수 있는 것은 옴짝달싹하기도 힘든 가림판 뒤에서 자신의 신체적 통제권마저 완전히 포기한 순간에만 주어지는 역설적인 성격의 것이다. 「소파인간 외출하다」는 현대 사회의 무기력한 중년 남성이 겪는 소외와 굴욕감이라는 보편적 정서를, 난해한 현대 예술이라는 특수하고 풍자적인 공간에 투사하여 성공적으로 형상화하는 작품이다.

6. 웃픈 생존, K-아재의 빠져버린 이빨

「K-아재의 깨물근」은 한국 사회의 중년 남성(아재) 집단이 겪는 경제적/사회적 몰락과 그 속에서 발현되는 비루하고도 처절한 생존 방식을 웃프게 그려낸 작품이다. '깨물근'이라는 단어는 고통과 자존심을 억누르며 견뎌내는 아재들의 내면적 투쟁을 상징적으로 보여주는 용어라고 할 수 있다.

예순넷의 은퇴자인 이탁은 역시나 그렇듯 실직 상태로 아내 눈치 보기에 골머리를 썩이며, 사둔 주식이 반 토막 나는 바람에 더욱더 무력감을 겪는 인물이다. 이탁은 아내에게도 아들에게도 자신의 진심을 표현하지 못하고 전전긍긍하며, 친구들에게조차 돈 때문에 속마음을 숨긴다. 「K-아재의 깨물근」에서는 이탁뿐만 아니라 그의 대학 동기 세 명을 등장시켜 지금 한국 사회에서 K-아재가 겪는 무력감과 소외가 집단적인 것임을 적나라하게 보여준다.

이 작품에서도 유머가 넘쳐난다. 계산대 앞에서 가장 늦게 나가는 기술과 같은 "K-아재들의 황금률"(200쪽)을 묘사한 대목 등이 그러하다. 이때의 유머는 K-아재들의 무능함과 좀스러움에 대한 신랄한 비난과 비하에서 비롯된다고 할 수 있다. 아재들의 "상처뿐인 영광" 혹은 "영광 없는 승리"(201쪽)에 대한 서술은 인간이 궁핍과 수치심 속에서 얼마나 비루하고 너절해질 수 있는지를 가감 없이 보여준다.

K-아재들의 존재 방식이 유머가 아닌 비애를 불러일으키는 것은 제2의 아재가 집을 팔았다는 사실을 고백하는 대목에서

이다. 제2아재는 혼기가 꽉 찬 아들을 위해 집을 팔았던 것인데, K-아재에게 집은 한평생 노예처럼 일한 결과물이자 나름대로의 성공한 인생을 증명하는 유일한 대상이다. 그렇기에 집을 판 것은 인생의 근본을 무너뜨리는 비극이라고 할 수 있다. 이탁은 이러한 제2의 아재 이야기 사연을 들으며, 그 일이 조만간 자신에게도 닥칠 미래라고 생각한다. 제2의 아재는 집을 판 사실을 고백하며 울음이 꿀럭꿀럭 흘러나오는 모습을 보여주며, 이탁은 그 상황에서 애상이 가득한 「타박타박 타박네」를 부른다. 몰락한 K-아재의 비애가 최고조에 이르는 순간이라고 할 수 있다.

　이런 모습을 보며 유일하게 경제적으로 안정된 K-아재인 임대사업자는 "노땅들 아니랄까 봐./틀딱도 금방이다"(221쪽)라고 말한다. 이탁은 틀딱이란 말에 혀끝으로 자신의 치아를 꼼꼼하게 훑어본다. 안타깝게도 작품은 이탁이 '틀딱'이 되는 걸로 끝난다. 입안 가득히 비릿한 피맛이 돌다가 기어이 "누르스름하고 딱딱한 것"(224쪽)이 툭 튀어나오는 것이다. 이탁의 빠져버린 이빨은 이 작품에서 '옥 재떨이'에 이어진다. '옥 재떨이 세트'는 할아버지가 이탁이 결혼했을 때 선물로 준 물건으로, 할아버지는 가부장으로서의 권위를 온전히 누린 영광스러운 과거의 K-아재였다. 그러한 영광을 상징하는 '옥 재떨이 세트'는 이탁에게 건네진 이후 한 번도 사용되지 않고, 장롱 위에만 있다가 나중에는 베란다 창고에 처박히고 말았다. 마지막에 이탁의 입에서 '옥 재떨이'처럼 단단하고 차가운 광물성의 감각을 공유하는 이빨이 빠지는 것은, 이제 가부장의 흔적마저 사라져버린 K-아재의 지금을 감각적으로 보여준다고 할 수 있다.

7. 라벨과 가격에 갇힌 와인

소설집 『소년들은 자라서 어디로 가나』는 자칫 K-아재의 일상을 시시콜콜하게 그려낸 일종의 세태소설에 머물 가능성도 있다. 이 작품집에는 이러한 우려를 일거에 불식시키는 두 편의 작품이 수록되어 있다. 그것은 「무슈 파비용의 굴욕」과 「최소한의 나」로서, 이 작품들은 K-아재의 초라함과 서러움을 낳는 근본 원인을 간결하지만 인상적으로 제시하는 소설들이다.

「무슈 파비용의 굴욕」은 작가의 자본주의에 대한 비판의식이 얼마나 강렬한지를 보여주는 작품이다. 메시지를 전달하고자 하는 의지의 강렬함으로 인해, 이 작품은 근대소설에서 찾아보기 힘든 우화의 형식을 취하고 있다. 「무슈 파비용의 굴욕」은 백 년 묵은 프랑스 와인인 '르 파비용(Le Papillon)을 의인화하여 사용가치가 아닌 교환가치가 전면화된 현대 사회를 풍자하며 교훈을 전달한다.

이 작품은 "제 이름은 파비용입니다"(101쪽)라는 문장으로 시작되는데, 파비용은 와인이다. 파비용은 프랑스 론 지방의 척박한 테루아에서 백 년을 버틴 포도나무에서 태어난 후 오크 통에서 숙성되었다는 자부심을 지니고 있다. 그러나 자부심과는 달리 현실에서는 홍콩을 거쳐 한국에 들어와 사람들의 무심한 소비와 거래 속에서 굴욕을 겪는다. 한국에 온 이후에는 아파트의 싱크대, 자동차 안, 술집 등에 방치되거나, 선물로 이리저리 떠돌며 제대로 된 대접을 받지 못하는 것이다. 이것은 파비용이 본래의 가치가 아닌 '뇌물'이라는 교환가치로만 존재한다는 것을 보여준다.

파비용의 눈에 비친 인간들은 와인의 본질(맛과 향, 역사)에는 관심이 없고 오로지 와인의 교환가치인 '라벨'과 '가격'에만 집착하는 속물들이다. 특히 '건설회사 전무→공무원→의사→담임교사→(다시) 건설회사 전무의 아내'로 파비용의 소유자가 바뀌는 과정은 교환가치가 지배하는 현대 사회의 문제를 압축적으로 보여준다. 또한 이 순환 고리는 한국 사회의 리베이트 관행, 촌지 문화, 청탁의 사슬과도 연결되어 있다. 특히 자신이 처음 떠나왔던 사내(전무)의 집으로 되돌아오는 결말은, 이 부조리한 욕망의 사슬이 얼마나 폐쇄적이고 허무한지를 보여주는 일종의 블랙 코미디이다.

이러한 과정을 거치며 파비용의 심리 상태도 변모해나간다.

처음 파비용은 스스로를 고귀한 품성과 깊은 향을 간직한 존재로 규정하며 귀족적인 자부심을 지니고 있었지만, 자신의 가치를 무시하는 사람들로 인해 당혹감을 느끼고, 이후에는 어둠 속에 방치되며 절망감에 빠진다. 최종적으로는 변질된 자신의 모습을 떠올리며 자조적인 어조로 체념과 냉소를 드러낸다. 작품의 마지막은 파비용이 "저는 최후의 순간까지 백 년의 세월을 품은 와인 르 파비용의 자부심으로 이 굴욕적인 생을 견뎌볼 작정입니다. 마지막으로 묻습니다. 당신은 어떻습니까?"(110쪽)라고 독자에게 묻는 것인데, 이러한 물음 속에는 일종의 자기기만이 포함되어 있다. 「무슈 파비용의 굴욕」은 의인화된 와인의 우아하고 귀족적인 말투와 와인이 처한 현실의 비루함을 대비하며, 교환가치가 전면화된 현실의 문제를 직접적으로 드러내는 작품이라고 할 수 있다.

8. 묵시록적 미래

「최소한의 나」는 교환가치가 전면화된 현대 사회가 최종적으로 가닿을 디스토피아를 형상화한 소설이다. 그 묵시록적 풍경 속에서 소비지상주의와 환경 파괴는 극에 달하며, 그 속을 살아가는 인간들은 비인간의 상태로 전락한다. 이 소설의 바

탕에는 '문명의 찬란한 외면/문명의 더러운 이면'이라는 이분
법이 놓여 있다. 전자를 대표하는 것이 '고층 아파트'라면, 후
자를 대표하는 것은 '쓰레기 산'이다. 이러한 이분법을 낳는 것
은, "지구상의 모든 일은 돈 때문에 벌어진다"(46쪽)는 문장에
서도 드러나는 것처럼, 다름 아닌 자본이다. '쓰레기'는 실제의
쓰레기를 의미하기도 하지만, 자본주의 문명에 의해 사회의 변
두리로 내몰린 이 사회의 약소자를 의미하기도 한다.

 '나'는 과거에 평범한 성공과 풍요를 꿈꿨으나, 현재는 소비
와 폐기가 반복되는 시스템에 환멸을 느끼고 사회에서 도태된
인물이다. 경제 활동을 중단하고 최소한의 에너지로 생존한다.
무엇보다 버려지는 옷과 물건들이 결국 소각되어 유독가스가
되거나 땅을 오염시켜 다시 인간에게 돌아온다는 공포(미세
플라스틱, 독성 물질 등) 때문에, 쓰레기를 버리지 못하고 방
하나에 비닐과 플라스틱을 가득 채워두고 산다. 그로 인해 '나'
는 피부 발진 등의 여러 가지 신체적 고통을 겪는다. 쓰레기 산
이나 옆방에 쌓인 쓰레기는 모두 무덤을 연상시키며, 작품의
종말론적 분위기를 고조시킨다.

 '나'의 특징은 옛 연인이었던 '너'와의 대비를 통해 통해 더
욱 부각된다. '너'는 자본주의적 성공, 효율, 편의를 추구하
는 인물로서, "고급스러운 숙소나 편안한 차편 같은 것들, 혹
은 값비싼 물건들과 기름진 음식"(42쪽) 혹은 "초고층 빌딩의

사무실과 펜트하우스, 고급 호텔의 라운지, 비행기의 일등석”(45쪽)을 “신앙”(42쪽)이나 “꿈”(45쪽)으로 여기는 인물이다. 한때는 ‘나’도 ‘너’와 교차점을 이루었을 때가 있었다. 그 시절 ‘나’와 ‘너’는 “사들이고 또 사들이고, 소비하고 더 소비하도록 부추기는 일”(48쪽)을 하고는 했으며, 결국 “둘이 살기에 넉넉했던 공간은 점차 물건들에 점령당했”(50쪽)다. 이 작품의 상당 부분은 한때 ‘나’도 동참했던 욕망과 소비의 생활을 묘사하는 데 할애되어 있다. 그러나 ‘나’는 자본과 소비를 절대시하는 세계와 결별하며, 그것은 자연스럽게 ‘너’와의 결별로 이어진다. 이러한 ‘너’의 모습은 쓰레기 산을 만들어내는 현대인들의 일반적인 모습을 대표한다고 할 수 있다.

‘나’는 사람들이 욕망과 자본주의적 체제가 만들어낸 쓰레기로 이루어진 산에서 먹을 것이나 돈 될 것을 찾아 헤매는 정체불명의 소년을 만난다. ‘나’는 쓰레기 산 근처에서 쓰러져 있는 아이를 발견하고 집으로 데려온다. 아이는 저체온증과 부상으로 위독한 상태이다. 화자는 휴대폰으로 구급차를 부르지만, 수화기 너머의 시스템은 자본의 이익을 위해 한없이 복잡하게 구성되어 있다. ‘레스큐 페이’ 선결제를 요구하고, 복잡한 인증 절차를 거치게 하기에, 결국 입력 시간 초과로 전화는 끊어진다. 아이의 생명이 걸린 상황에서도, ‘결제’와 ‘인증’을 요구하는 시스템은 지금 이 시대가 얼마나 자본과 기술 중심의 비인간적인 곳인지를 잘 보여준다. 동시에 이 세상을 위해 '최소한의 생활'만 하는 '나'가, 바로 그 '최소한의 생활'로 인해 소년을 구할 수 없는 장면은 이 세상의 비인간적인 아이러니를 생생하게 보여준다.

「최소한의 나」는 아파트 주민들의 안락한 삶은 쓰레기 산을 은폐함으로써 유지되고, 응급 시스템의 효율성은 지불 능력이 없는 자를 배제함으로써 완성된다는 섬뜩한 진실을 드러낸다. 시종일관 묵시록적 분위기가 가득했던 이 소설은 더욱 암담한 분위기로 끝난다. 아이는 계속 위독한 상태이며, 응급전화마저 끊긴 상태에서 쓰레기를 모아둔 옆방에서는 부스럭거리는 소리가 나는 것이다. 그것이 쥐의 소리인지, 환청인지, 아니면 쓰레기의 소리인지 불분명하지만, 결국 쓰레기로 상징되는 현대 문명의 업보가 거대한 불행이 되어 우리 곁으로 다가오고 있음을 암시하기에 충분해 보인다.

9. 내가 K-아재다

여기까지 따라 읽은 독자라면 누구나 동의하겠지만, 이경란이 무대에 올린 소년들 중 누구도 자라지 못하고, 누구도 어딘가에 도착하지 못했다. 소년들은 당연히 가부장은 고사하고,

어엿한 어른조차 되지 못한 것이다. 그들은 기껏 아버지의 책장(冊張)으로 둘러싸인 집이나, 가림판 뒤의 비좁은 의자나, 혹은 병원의 보호자 침상이나, 그것도 아니면 싸구려 호프집의 계산대 뒤편 화장실에 엉거주춤 앉아 있다. 자본주의적 생산성이 거세된 K-아재들을 향해 작가는 비웃음과 조롱의 시선을 보내기도 하지만, 그러한 눈빛 이면에는 진한 연민과 애정이 묻어 있다. 이러한 연민과 애정은 K-아재들을 그렇게 만든 이 사회의 근본적인 원리에 대한 작가의 날카로운 인식에서 비롯된 것이다. 이 소설집은 자본주의 사회에서 교환가치가 어떻게 모든 대상을 타락시키는지 너무나 선명하게 보여준다. 어쩌면 좀스럽고 찌질한 K-아재야말로 '지금-이곳'에서 고통받는 인간의 대표 형상인지도 모른다. 소년들은 자라서 비루한 K-아재가 되었지만, 작가는 그 초라한 뒷모습에 따스하지만 냉철한 연민의 시선을 보낸다. 우리는 이 소설집을 통해 우리가 '꼰대' 혹은 '아재'라 부르며 외면했던 5060 세대의 내면을 비로소 바라볼 수 있게 되었다. K-아재들의 서글픈 얼굴이 언젠가 우리가 갖게 될 미래의 얼굴임을, 그 이전에 바로 '지금-이곳'에 서 있는 우리 모두의 얼굴임을 인식케 한 것. 아마 이것만으로도 이경란의 『소년들은 자라서 어디로 가나』는 우리 시대의 문제작으로 남아 바래지 않는 빛을 내뿜을 것이다.

오래전 내가 소녀였을 때 소년들의 아름다움에 매료되곤 했다. 별것 아니었지만 따지고 보면 그리 하찮은 일도 아니었다. 이 책에 묶인 작품들을 갈무리하는 동안 그 시절 목격했던 어떤 아름다움이 저절로 소환되기도 했다. 그럴 때면 그 소년들은 어디로 갔을까, 하는 막연한 의문과 옅은 슬픔이 느껴졌다. 물론 그 반대의 경우도 있었다. 지금의 이 '아재'도 한때 푸르른 '소년'이었을 테지……

처음부터 K-아재 시리즈를 쓰겠다고 계획하지는 않았다. 한 편씩 써나가다 문득 정신을 차리고 보니 연이어 그들의 이야기를 하고 있었다. 꼭 뭔가에 홀린 것 같았다. 그 이유랄지

배경이랄지를 더듬어보던 중 한 가지 가설에 도달했다. 내가 그들을 이해하지 못해서 이 소설들을 쓰고 있는 게 아닐까, 이해하지 못할 사람들을 이해하고 싶어서 그들의 몸과 목소리를 빌려 서사를 구축한 것이 아닐까, 하는. 조금 더 시간이 지난 후 그 가설이 솔직하지 않았음을 인정해야만 했다. 솔직해지자면 이렇게 고쳐 써야 한다.

애초에 이 작품들을 쓰기 시작할 때는 그들을 잘 안다고 오해했었다. 아는 걸 쓰자. 내가 이만큼이나 알아.

오만하기도 하지. 그래도 그 오만이 초기의 연료가 되어주었음은 부정하지 않겠다.

이제 와서 '그들'이라고 에둘러 말하는 것도 정직하지 않다. 어쩌면 이 소설들은 나의 배우자를 이해하고 싶어 썼을지도 모른다는 자각이 뒤늦게 찾아왔기 때문이다. 그를 간병하면서 세 편의 연작을 쓸 때였다. 「삐이유우우웅」과 「K-아재의 가자미근」, 「소파인간 외출하다」는 백호종이라는 인물의 이야기이다. 이 작품들은 아픈 그를 돌보며 항암주사를 맞히거나 암요양병원을 드나들거나 공기 좋다는 곳으로 며칠씩 요양을 갔을 때에도 날마다 조금씩 썼고, 나중에는 아예 병실 보호자 침대에 묶여서 썼다. 그래서였을까, 백호종은 장모를 간병하는 인물로 설정되었다. 그전에 쓴 다섯 편의 소설은 부모님을 간병하면서, 혹은 간병과 간병 사이의 기간에 썼다(언젠가 간병기를 쓰고 싶어질 수도 있다). 말하자면 이 소설들이 거쳐 온 병실은 한두 군데가 아닌 셈이다.

말이 엉뚱하게 흘러가는 것 같지만, 최근 내게는 세계가 온통 거대한 병원이었고 내가 머무는 곳마다 무덤으로 가는 길목에 자리한 병실이었다. 상실과 죽음의 공포가 시시각각 나를 덮쳤다. 내색하면 그것들에 잡아먹힐까 봐 그때마다 소설 속으로 도망쳤다. 거창한 이야기는 아니다. 읽고 쓰는 것이 내 생활이었기 때문에, 혹은 생활이기를 바랐기 때문에 그것에 충실하고자 하는 단순한 마음이었다. 내가 직장인이었다면 별수 없이 출근했을 거라는 마음. 덕분에 공포와 절망에 매몰되지 않을 수 있었다. 그랬던 것 같다.

소설집 원고를 출판사에 보내고 얼마 되지 않아 남편은 세상을 떴다. 호스피스 병동에 머문 며칠, 그의 표정은 날마다 조금씩 편안해졌다. 살고자 하였을 때의 영욕으로 얻은 주름들이 깊은 굴곡을 잃어가자 말간 최후의 얼굴이 되었다. 살아 있는 동안 충분히 이해받지 못한 비애마저 떨쳐버린 얼굴이었다.

몇 편의 소설을 썼다고 해서 K-아재를 잘 안다고 말할 수는 없다. 아무래도 완전한 이해란 지상의 몫이 아닌 듯하다. 그러니 오해는 오해로 남겨둘 밖에. 그 오해들 사이에서 다만 부딪히고 체념하고 희구하려 한다. 그것이 산 자의 몫일 터이니.

수록 작품 발표 지면

소년들은 자라서 어디로 가나 _『출간기념파티』(교유서가, 2024)

최소한의 나 _『최소한의 나』(득수, 2024)

밥 한번 먹어요 _2025 경기문학 출간지원 선정작

무슈 파비용의 굴욕 _『웹진 문화 다』 2019년 5월

삐이유우우웅 _『소설의 발견』 2025년 겨울호

K-아재의 가자미근 _미발표작

소파인간 외출하다 _『리토피아』 2025년 겨울호

K-아재의 깨물근 _2025 경기문학 출간지원 선정작

소년들은 자라서 어디로 가나
© 이경란

| 1판 1쇄 발행 | 2025년 12월 31일 |
| 1판 2쇄 발행 | 2026년 3월 5일 |

지은이	이경란
펴낸이	정홍수
편집	김현숙 이명주
펴낸곳	(주)도서출판 강
출판등록	2000년 8월 9일(제2000-185호)

주소	서울시 마포구 동교로17안길 21 (우 04002)
전화	02-325-9566
팩시밀리	02-325-8486
전자우편	gangpub@hanmail.net

값 15,000원
ISBN 978-89-8218-379-9   03810

* 이 책은 경기도, 경기문화재단의 지원을 받아 발간되었습니다.